Die drei ??? und die Silbermine

Alfred Hitchcock

Die drei ???
und die Silbermine

Erzählt von M. V. Carey
nach einer Idee von Robert Arthur

Franckh'sche Verlagshandlung
Stuttgart

Aus dem Amerikanischen übertragen von Leonore Puschert
Titel der Originalausgabe: »Alfred Hitchcock and The Three Investigators in the Mystery of Death Trap Mine«
(Random House, Inc., New York/1976, ISBN 0-394-93321-4)

Schutzumschlag von Aiga Rasch

CIP-Kurztitelaufnahme der Deutschen Bibliothek

Carey, M. V.:
Alfred Hitchcock, die drei ??? [Fragezeichen]
und die Silbermine / erzählt von M. V. Carey
nach e. Idee von Robert Arthur.
[Aus d. Amerikan. übertr. von Leonore Puschert].
3. Aufl. – Stuttgart : Franckh, 1981.
Einheitssacht.: Alfred Hitchcock and the three investigators in the mystery of death trap mine ‹dt.›
ISBN 3-440-04743-1
NE: Hitchcock, Alfred [Angebl. Verf.]

3. Auflage / 61.–80. Tausend
Franckh'sche Verlagshandlung, W. Keller & Co., Stuttgart / 1981

ISBN 3-440-04743-1/L 9sl H bs
Printed in Hungary/Imprimé en Hongrie
Satz: Fotosatz Schönthaler, Ludwigsburg
Gesamtherstellung: Druckhaus Akadémiai, Budapest

Die drei ??? und die Silbermine

Ein Wort von Alfred Hitchcock

Seid gegrüßt, Krimi-Freunde!
Wieder einmal seid ihr eingeladen, euch an den Großtaten der drei ??? zu beteiligen – zusammen mit jenem wagemutigen jungen Detektivtrio, das sich auf geheimnisvolle Fälle außergewöhnlicher, ja bizarrer Natur spezialisiert hat. Ich hoffe, es wird den ganz Kühnen unter euch richtig Spaß machen, mit den drei ??? in den US-Staat New Mexico zu reisen, wo an einem entlegenen Ort in einer stillgelegten Erzgrube ein Toter harrt, um einen Schurken (seinerseits noch unter den Lebenden) zu überführen, und wo eine undurchschaubare Frau... aber ich verrate schon wieder zuviel!
Solltet ihr zufällig noch nichts von den drei ??? vernommen haben, so laßt euch kurz erklären, daß Justus Jonas, der Anführer des Teams, ein Junge mit Übergewicht, phänomenalem Gedächtnis und verblüffendem Talent zu logischen Schlußfolgerungen ist.
Peter Shaw ist schnell und sportlich, aber bei seinen zeitweisen Anwandlungen von Vorsicht macht ihm Justs Neigung, ins Wespennest zu stechen, arg zu schaffen. Bob Andrews ist ein gescheiter Kopf, der bei den drei ??? für Recherchen und Archiv zuständig ist. Die Jungen wohnen in Rocky Beach in Kalifornien, draußen vor Los Angeles, aber sie unternehmen mit Begeisterung weite Reisen, wenn es geheime Machenschaften zu erforschen gilt.
Doch damit genug der Vorrede. Nun zum Einstieg in die spannende Geschichte!

Alfred Hitchcock

Die Einladung

»Hallo, Just! Rate mal, wer dich sucht!« sagte Peter Shaw, während er die Luke im Fußboden anhob und in die Zentrale der drei ??? heraufkletterte.
»Geschenkt – ich weiß Bescheid«, sagte Justus Jonas. Er lehnte sich in seinem Stuhl zurück, der unter der Last seines Schwergewichts ächzte. »Tante Mathilda ist um sechs Uhr früh aufgestanden«, stellte er in seiner exakten Sprechweise fest. »Dann hat sie ein herzhaftes Frühstück zubereitet und Onkel Titus zum Ausverkauf einer Autowerkstatt in Oxnard entsandt. Ich konnte daraus mühelos ableiten, daß sie heute ein volles Programm vorgesehen hat.« Justus sah auf seine Uhr. »Es ist jetzt genau dreizehn Uhr fünfzehn. Aus deiner Fragestellung läßt sich unschwer entnehmen, daß Onkel Titus zurückgekehrt ist, daß er in Oxnard einiges eingehandelt hat und daß Tante Mathilda mich jetzt zum Entladen des Lastwagens braucht.«
»Justus Jonas, das Nachwuchs-Genie!« Bob Andrews kicherte. Der schlanke Junge mit der Brille lehnte an einem Büroschrank und blätterte gemächlich in seinen Akten.
Die drei Jungen waren in dem zerbeulten alten Camping-Anhänger, den Justus von Onkel und Tante als Clubraum bekommen hatte. Er stand in einer abgelegenen Ecke des »Gebrauchtwaren-Center T. Jonas« hinter hohen Stapeln aus Bauholz und Altmetall verborgen. Auf dem Schrottplatz ging es immer turbulent zu. Dort bot sich nicht nur eine Fülle von Trödel und Gerümpel aller Art, sondern auch ein vielfältiges Sortiment ungewöhnlicher Fundsachen aus Häusern, die abgebrochen worden waren – antike Sonnenuhren, alte marmorne Badewannen, geschnitzte Türrahmen und Buntglasfenster. In der dauernden Hektik des Reinigens, Sortierens und Einlagerns all dieser Gegenstände – und nicht zuletzt des zuvorkommenden Bedienens der Besucher, die aus dem gesamten Kü-

stenbereich herkamen, um nach Objekten mit Seltenheitswert zu fahnden – hatten Justs Onkel und Tante den Anhänger in der Hofecke ganz vergessen.
Die Jungen hatten den Wagen zur Zentrale ihres Junior-Detektivunternehmens »Die drei ???« gemacht. Im Innern befand sich ein winziges Labor mit Dunkelkammer und ein Büro mit einem uralten Schreibtisch, Stühlen und Telefon. Ein großer Aktenschrank enthielt die von Bob Andrews säuberlich verfertigten Protokolle aller von den Jungen aufgeklärten Fälle. Justus, der Anführer des Trios, verbrachte einen großen Teil seiner Freizeit in der Zentrale mit Überlegungen zu dem jeweils anstehenden Fall der drei ??? und mit Denksport für sein Superhirn.
Justus war stolz auf seine unfehlbare Gabe logischer Schlußfolgerung. Als Peter und Bob ihn jetzt angrinsten, stutzte er ungnädig.
»Tante Mathilda sucht mich also nicht?« fragte er.
»Sei doch froh«, meinte Peter. »Wenn Tante Mathilda dich sucht, weißt du ja, was davon zu halten ist – ran an die Arbeit! Nein. Ich war heute früh in der Stadt, im Supermarkt, und da hab' ich Allie Jamison getroffen.«
Justus setzte sich mit einem Ruck aufrecht hin. Bob ließ das Blättern sein und riß die Augen auf. Allie Jamison stammte aus einer der ganz reichen Familien in Rocky Beach und war schon zuvor Auftraggeberin der drei ??? gewesen. In einem Fall, den sie »die singende Schlange« tauften, hatten sie ihr beigestanden, um eine dunkle Existenz von Hausgast wieder loszuwerden, und dabei ein teuflisches Erpresserkomplott aufgedeckt. Aber die Zusammenarbeit mit dem Mädchen war kein reines Vergnügen gewesen. Sie war impulsiv und gewohnt, ihren eigenen Kopf durchzusetzen, und sie fand nichts dabei, ein wenig zu schwindeln, wenn es ihr in den Kram paßte.
»O Schreck!« sagte Justus endlich. »Ich denke, die Kleine verbringt den Sommer bei einem Onkel im Staat New Mexico. Das Haus steht ja zur Zeit leer, und Mr. und Mrs. Jamison sind in Japan!«

Peter nickte. »Weiß ich. Aber jetzt gerade ist Allie hier in Rocky Beach. Sie sagte mir, sie und ihr Onkel hätten aus dem Haus ein paar Sachen geholt, und außerdem hätte ihr Onkel in der Stadt etwas zu erledigen. Und sie ist irgendwie aufgedreht, irgendwas Tolles spukt ihr im Kopf herum, und sie will herkommen und es uns berichten, ehe sie mit ihrem Onkel wieder nach New Mexico abreist.«

Bob seufzte. »Und dabei hatte der Sommer so friedlich angefangen.«

»Nimm's leicht«, sagte Justus. »Sie reist ja wieder ab – und das hoffentlich bald! Peter, wie lange will Allie noch hier sein?«

»Nur bis morgen!« drang es hinter dem Vorhang hervor, der den kleinen Laborteil des Anhängers vom Büro trennte. Peter stöhnte, als der Vorhang zur Seite gezogen wurde und Allie Jamison grinsend nähertrat. In verwaschenen Jeans und einem Cowboyhemd sah sie aus wie ein junger Rodeoreiter. Ihr Gesicht war gebräunt, und einige Strähnen ihres langen hellbraunen Haares waren von der Sonne gebleicht. »Freut euch unser Wiedersehen denn gar nicht?« tat sie unschuldig. Aber ihre nußbraunen Augen funkelten vor boshafter Genugtuung.

»Wie bist du bloß hier hereingekommen?« wollte Peter wissen.

Allie lachte. Sie ging zum Schreibtisch, zog sich hoch und thronte oben im Schneidersitz.

»Ich war schon vor euch allen da«, sagte sie. »Auf dem hinteren Zaun ist der große Brand von San Francisco abgemalt, und in dem Gemälde sitzt ein kleiner Hund und schaut sich das Feuer an.«

Justus sank resigniert in sich zusammen. »Und im Auge des Hundes ist ein Astloch. Du hast den Finger durch das Astloch gesteckt und an der Innenseite des Zauns einen Riegel zurückgeschoben, und da ließen sich ein paar Planken herausschwenken.« Justus sprach vom Roten Tor, einem von mehreren Geheimeingängen zum Schrottplatz, die sich die Jungen ausgetüftelt hatten.

»Erraten«, sagte Allie. »Im vorigen Sommer habe ich euch mindestens ein dutzendmal an diesem Tor beobachtet. Und man muß nicht unbedingt Einstein sein, um sich klarzumachen, daß ihr da eine Art Hintertreppenversteck habt.«

»Na schön, Allie«, sagte Peter. »Rück es heraus. Wie bist du hier hereingekommen?«

Mit sichtlichem Vergnügen redete Allie weiter. »Ihr Burschen seid nicht ganz so schlau, wie ihr glaubt! Da gibt es ein Schild ›Büro‹ oben auf einem Haufen Gerümpel gleich hinter diesem Tor. Aber der Pfeil auf dem Schild zeigt nicht zum Büro der Firma. Da sagte ich mir, also muß er zu eurer Detektivzentrale zeigen – und das war richtig! Ich bin einfach in Pfeilrichtung losgegangen, durch all den Trödel durch ... und an dieser Schiebetür bin ich herausgekommen.« Allie wies auf eine Tür am hinteren Ende des Anhängers. »Erstklassige Detektivarbeit, wenn ich mich selber loben darf«, meinte Allie.

»Wir müssen an der Schiebetür ein Schloß anbringen«, sagte Justus.

»Ja, und das Schild abnehmen!« ergänzte Peter.

»Könnt ihr euch sparen«, sagte Allie spitz. »Ich reise ja morgen wieder ab, und eure blöden Geheimnisse interessieren mich auch gar nicht.« Sie warf keck den Kopf zurück. »Im übrigen hab' ich Besseres zu tun.«

»Zum Beispiel?« forschte Peter.

Allie beugte sich voll Eifer vor. »Ich habe selbst einen Fall in Arbeit«, sagte sie. »Ich werde Ermittlungen anstellen wie ihr drei, und ich werde es zu verhindern wissen, daß mein Onkel Harry übers Ohr gehauen wird.«

»Ach?« sagte Justus. »Ist dein Onkel Harry denn außerstande, sich seiner Haut selbst zu wehren?«

Allie war ernst geworden. »Mein Onkel Harry heißt Harrison Osborne, und dumm ist er bestimmt nicht«, erklärte sie. »Er hat an der Börse sehr viel Geld verdient, aber dann ist er aus der Branche ausgestiegen und hat sich in New Mexico eine Weihnachtsbaumplantage gekauft. Nur wenn sich's um

die lieben Mitmenschen dreht, liegt er manchmal total daneben!«
»Und du liegst immer richtig?« Peter lachte.
»Wenigstens merk' ich es sofort, wenn ich einen falschen Fünfziger vor mir habe«, sagte Allie. »Das Grundstück, das sich mein Onkel gekauft hat, gehörte früher einer Bergwerksgesellschaft. Auf dem Gelände ist eine Mine – die Todesfallen-Mine.«
»Das hört sich ja gewaltig an«, feixte Peter. »Was war denn drin in der Mine? Ein Dinosauriergerippe?«
»Silber«, sagte Allie. »Die Mine ist längst stillgelegt. All das Silber ist abgebaut. Todesfallen-Mine heißt sie, weil mal eine Frau reinspaziert und in einem Schacht zu Tode gestürzt ist. Ein paar alte Leutchen in Twin Lakes – das ist die Gemeinde, zu der Onkel Harrys Grundstück gehört –, die sagen, der Geist dieser Frau geht noch in der Mine um. Davon glaube ich natürlich kein Wort. Aber ein anderer spukt da herum. Es ist der Kerl, der meinem Onkel die Mine und ein Stück Gelände darum herum abgekauft hat.«
Allies sonnenbraunes Gesicht überzog sich mit Zornröte. »Der hat irgendwas im Sinn«, sagte sie. »Er macht den Leuten was vor. Er stammt nämlich aus Twin Lakes, versteht ihr?«

Aha, die junge Dame mit ihren vorgefaßten Meinungen . . . Leute, die zu so unbekümmerten und unbefangenen Urteilen über ihre Mitmenschen neigen, sollten wenigstens in ihren Äußerungen etwas zurückhaltender sein. Aber diese Allie war schon immer so geradeheraus. Vielleicht erinnern sich manche unter euch an den Fall »Singende Schlange«. (Sie sind hier im Vorteil; warum, wird vorläufig nicht verraten.)

»Ist das ein Verbrechen, wenn man aus Twin Lakes stammt?« fragte Bob verdutzt.

»Nein. Aber irgendwie ist es schon komisch, wenn einer als kleiner Junge aus seinem Geburtsort wegzieht und dann viele Jahre später als Millionär wieder hinkommt und große Töne spuckt, wie wunderschön es in der alten Heimat ist. Nur gibt er sich dabei so liebenswürdig wie eine Klapperschlange. Die Mine hat er auch wieder aufgemacht. Der Eingang war mit einem Eisengitter abgesperrt, aber das hat er weggenommen. Und dann hat er sich einen Wachhund gekauft. Was gibt es denn in einer stillgelegten Mine zu bewachen? In brandneuen Jeans lungert der Bursche dort herum, und dann hat er sich noch einen Bauarbeiter-Schutzhelm zugelegt. Aber der ganze Aufzug paßt gar nicht zu ihm. Er hat nämlich manikürte Fingernägel!«

Allie hielt inne. Als keiner der Jungen etwas sagte, fuhr sie mit ihrem Bericht fort. »Er läßt keinen in die Nähe der Mine. Das finde ich verdächtig. Der will da vor dem Gartenzaun meines Onkels ein Ding drehen, und ich muß herauskriegen, was das ist.«

»Na, dann viel Glück!« sagte Peter.

»Allie!« Eine Männerstimme drang von weitem zu ihnen. Bob ging zum Periskop, das Justus zusammengebastelt und im Dach des Anhängers eingebaut hatte, damit die Jungen hinausschauen konnten, ohne selbst gesehen zu werden. Er legte ein Auge an das Gerät und spähte über die Schrottberge hinweg. »Da ist ein Mann am Tor, mit weißem Haar und einem großen Schnurrbart. Er spricht mit Tante Mathilda«, meldete er.

»Das ist Onkel Harry.« Allie rutschte vom Schreibtisch herunter. »Ich hab' ihm gesagt, ich sei auf dem Schrottplatz. Möchtet ihr ihn kennenlernen? Er ist nett – von der ganzen Sippschaft ist er mir der liebste.«

Allie ging zur Schiebetür und stieg aus dem Anhänger. Die Jungen verkniffen sich ein triumphierendes Grinsen, als sie ihr folgten. Die Schiebetür war nämlich nicht der einzige geheime Zugang zur Zentrale. Der wichtigste war dem Mädchen

zum Glück nicht aufgefallen – die Luke im Fußboden des Büros. Die Jungen und Allie schlängelten sich zwischen allerlei Gerümpel zum Hoftor durch.
»Da seid ihr ja!« sagte Tante Mathilda, als sie die vier sah. »Wußte ich's doch, daß ihr hier irgendwo steckt. Und Allie! Nett, dir mal wieder zu begegnen.«
»Es freut mich sehr, Sie wiederzusehen, Mrs. Jonas«, sagte Allie in ihrer allerhöflichsten Schulmädchenmanier. »Onkel Harry, das sind Justus Jonas, Bob Andrews und Peter Shaw!«
»Hallo«, sagte Harrison Osborne. Er schüttelte Justus die Hand und nickte Bob und Peter zu. »Ihr seid also die drei Detektive. Allie hat mir von euch erzählt.«
»Aber garantiert nichts Schmeichelhaftes!« sagte Allie.
Die Jungen überhörten Allies Bemerkung. Justus griff in seine Tasche und zog eine große Visitenkarte heraus, die er Harrison Osborne reichte. »Falls Sie jemals von unseren Diensten Gebrauch machen möchten, Sir...«
Mr. Osborne las den eingedruckten Text auf der Karte:

Die drei Detektive
???
Wir übernehmen jeden Fall

Erster Detektiv:	Justus Jonas
Zweiter Detektiv:	Peter Shaw
Recherchen und Archiv:	Bob Andrews

Dann gab er Justus die Karte zurück. »Was bedeuten denn die Fragezeichen?« erkundigte er sich.
»Das Fragezeichen ist allgemeines Sinnbild des Unbekannten«, antwortete Justus. »Die drei Fragezeichen auf unserer Karte stehen für ›die drei Detektive‹ – sie sind unser Markenzeichen. Unsere Spezialität sind Rätsel, mysteriöse Vorfälle und Geheimnisse aller Art, die man an uns heranträgt.«
»Ich bezweifle, daß ich in Twin Lakes jemals Detektive benötigen werde«, sagte Mr. Osborne mit leisem Lachen. »Aber...«

Er stutzte. »Aber drei kräftige Burschen wie euch könnte ich auf der Farm schon brauchen. Und Allie sollte wirklich mehr Umgang mit Gleichaltrigen haben... Sagt mal, ihr drei, im Bäumeschneiden habt ihr euch wohl noch nicht versucht?«

»Bäumeschneiden?« wiederholte Bob. »Aber sicher.«

»Gut«, sagte Onkel Harry. »Weihnachtsbäume muß man schneiden, damit sie die ideale Form haben, wenn sie zu Weihnachten abgehauen werden. Die Suche nach Helfern in Twin Lakes ist zur Zeit problematisch für mich. Wollt ihr drei nicht morgen früh mit Allie und mir mitkommen und ein paar Wochen auf meiner Plantage zubringen?«

Er wandte sich an Tante Mathilda. »Wenn Sie die Jungen eine Zeitlang entbehren könnten, würde ich sie gern mitnehmen. Platz haben wir genug, und ich zahle Stundenlohn wie jedem anderen aus dem Ort auch.«

Tante Mathilda war unschlüssig. »Ich weiß nicht«, sagte sie. »Ich hatte gedacht, diese Woche könnten wir den Haufen Gerümpel ganz hinten auf dem Hof aussortieren. Der nimmt nur Platz weg.«

Allen drei Jungen fuhr der Schrecken in die Glieder. Tante Mathilda hatte vor, die Schrottberge zu versetzen, die ihre Zentrale den Blicken der Außenwelt entzogen! Justus überlegte blitzschnell. Ohne die Jungen würde sie sich nie an diese Aufgabe machen.

»Tante Mathilda, ich würde sehr gern mit Allie und ihrem Onkel fahren. Das wäre mal eine neue Erfahrung!«

»Und neue Erfahrungen schaden nicht!« Allie lachte. »Außerdem könnte euch in Twin Lakes ein spannender Fall unterkommen, und das wäre doch auch ganz lustig!«

Da begriff Justus plötzlich, daß Allie ihren Onkel auf Umwegen dazu gebracht hatte, die Einladung auszusprechen. Und damit hatte sie die drei ??? in die Falle gelockt – als Beistand für ihr Problem.

»Lustig könnte das schon werden«, sagte Peter. »Ich glaube, meine Eltern werden nichts dagegen haben.«

Bob war auch sehr angetan. »Ich bekomme sicher Urlaub in der Bücherei. Da geht es jetzt ganz ruhig zu.«
»Na, dann meinetwegen«, sagte Tante Mathilda. Harrison Osborne schüttelte ihr die Hand. »Ich werde den Jungen auch gewiß nicht zu viel aufhalsen.«
»Das ist meine geringste Sorge«, sagte Tante Mathilda. »Das ist nämlich schlicht unmöglich. Die Faulenzer haben mehr Ausflüchte parat als ein Tausendfüßler Beine hat!«

Stürmischer Willkommensgruß

»Ja, das wäre also Twin Lakes«, verkündete Harrison Osborne. Er fuhr langsamer. Der große Kombiwagen mit Klimaanlage hatte sie durch das Wüstengebiet von Arizona und hinauf ins Bergland im Südwesten von New Mexico befördert. Die Jungen auf dem Rücksitz schauten die Fahrbahn entlang und sahen ein grünes Tal zwischen zwei bewaldeten Gebirgszügen. An staubigen Feldwegen, die von der Durchfahrtsstraße abzweigten, standen reihenweise kleine Holzhäuser. Einige Gebäude lagen direkt an der Hauptstraße – ein Supermarkt, ein Schnellimbiß, ein Zeitungskiosk und ein winziger baufälliger Eisenwarenladen. Im Ortszentrum reckte sich ein Rathaus aus verblaßten Ziegelsteinen gewichtig zweigeschossig in die Höhe. Dann war da noch eine Tankstelle und dahinter das Spritzenhaus der Feuerwehr von Twin Lakes.
»Feuer!« sagte Peter plötzlich und zeigte auf das Gelände jenseits der Bebauung. Rauch kräuselte sich in die klare Nachmittagsluft empor.
»Immer mit der Ruhe«, sagte Allie. Sie saß neben ihrem Onkel auf dem Beifahrersitz. »Das ist nur der Rauch aus dem Heizkessel beim Sägewerk.«

»Früher war hier der Erzbergbau das große Geschäft«, erzählte Onkel Harry. »Jetzt sind alle Vorkommen abgebaut, und nur das Sägewerk bringt der Gemeinde noch was ein. Alles, was hier noch läuft, ist die Holzverarbeitung. Vor fünfundvierzig Jahren war Twin Lakes ein heißes Pflaster, aber damit ist Schluß.«

»Also wenn ich irgendwen hereinlegen wollte, dann würde ich mich nicht ausgerechnet hierher verirren«, sagte Peter.

Harrison Osborne wandte den Blick eine Sekunde lang von der Fahrbahn. »Irgendwen hereinlegen?« sagte er. »Allie, hast du den Jungen wieder eine von deinen phantastischen Geschichten aufgetischt?«

Allie blickte stur geradeaus.

»Allie?« Ihr Onkel hielt an, um vor dem Wagen eine Frau in Jeans und kariertem Hemd über die Straße zu lassen.

»Ich hab' nur gesagt, mit Wesley Thurgood sei etwas faul – und das stimmt doch, Onkel Harry!«

Onkel Harry gab einen Laut von sich, gemischt aus Lachen und verächtlichem Schnauben. Er ließ den Fuß auf dem Bremspedal und drehte sich zu den Jungen um. »Ich weiß, ihr drei seid Amateurdetektive«, sagte er, »aber laßt bloß Wesley Thurgood zufrieden. Er ist unser Nachbar, und mit Nachbarn will ich keinen Ärger. Thurgood hat einen guten Namen. Er hat im Immobiliengeschäft viel Geld verdient, und nun ist er wieder nach Twin Lakes gekommen, weil er von hier stammt. Hier ist er geboren – kurz ehe die Mine zugemacht hat. Seine Familie ist bald darauf weggezogen, aber er hat mir erzählt, daß er als Kind immer wieder aufregende Geschichten aus der Glanzzeit von Twin Lakes zu hören bekam. Die Todesfallen-Mine hat er gekauft, weil sein Vater früher dort beschäftigt war. Das ist doch nichts so Abwegiges, finde ich.«

»Und wozu hat er dann die Mine wieder aufgemacht?« fragte Allie mit allem ihr zu Gebote stehendem Nachdruck.

»Das geht uns nichts an«, sagte ihr Onkel. »Ich weiß nur,

daß deshalb nun nicht gleich Kinder dort herumlungern müssen und vielleicht verunglücken. Thurgood hat einen einwandfreien Leumund. Ich habe Auskunft über ihn eingeholt und meine Bank desgleichen. Er ist Millionär und sagenhaft kreditwürdig.«

Er wandte sich zu den Jungen und lächelte. »Allie ist da zu voreilig mit ihrem Urteil«, sagte er. »Sie hat Thurgood gefressen, seit sie eines Tages die Mine erkunden wollte und er sie am Schlafittchen packte und wieder bei mir ablieferte.

Das war völlig in Ordnung. Die Mine heißt ›Todesfalle‹, weil dort vor Jahren eine Frau bei genau so einem Erkundungsgang ums Leben gekommen ist.«

Peter wollte sich vor Lachen ausschütten.

»Allie! Das hast du uns noch nicht verraten, daß Thurgood dich rausgeworfen hat!«

»Ach, hör auf damit!« Allies Stimme bebte vor Zorn.

Justus kicherte bei der Vorstellung, auf welche Weise das eigensinnige Mädchen aus der Mine befördert worden war.

»Und er ist doch ein falscher Fünfziger!« rief Allie.

»Vielleicht ist er bloß exzentrisch«, sagte Justus. »Reiche Leute spielen manchmal ganz schön verrückt.«

»Das ist kein Verbrechen«, sagte Onkel Harry. Er nahm den Fuß vom Bremspedal und fuhr weiter. »Ich wünsche nicht, daß du ihn nochmal belästigst, Allie. Und das gilt auch für euch Jungen.«

Der Wagen bog von der Straße ab und rumpelte über eine Holzbrücke, die einen kleinen Wasserfall zwischen zwei Seen – es waren eigentlich nur Teiche – überspannte. Die Jungen konnten sich denken, daß das Städtchen davon seinen Namen hatte. Jenseits der Brücke war die Fahrbahn unbefestigt, und hinter dem Wagen wölkte der Staub auf. Nach etwa einer Meile kamen zur Linken große Felder mit jungen Nadelbäumen und dann ein offenes Tor in Sicht. An der Zufahrt standen mehrere kleine Häuser. Eines war frisch gestrichen, aber die anderen sahen verkommen und verlassen aus.

Onkel Harry nahm das Gas weg und hupte vor einer großen, schlanken Frau, die bei dem hübschen Häuschen den Garten spritzte.

»Das ist Mrs. Macomber«, sagte Allie.

Die Frau lächelte und winkte herüber. Sie trug eine dunkle Hose, eine weiße Bluse und eine schwere indianische Halskette aus Silber mit Türkisen. Als sie zurücktrat, um den Wasserhahn zuzudrehen, konnten die Jungen sehen, daß sie sich leichtfüßig wie ein junges Mädchen bewegte, obwohl ihr schwarzes Haar von silbrigen Strähnen durchzogen war und sie mindestens sechzig sein mußte.

»Sie ist damals hier geboren, als noch Hochbetrieb war«, sagte Allie. »Sie hat den Grubendirektor geheiratet. Als die Mine geschlossen wurde, zogen sie weg. Nach dem Tod ihres Mannes ging sie in Phoenix in Arizona arbeiten, und mit ihren Ersparnissen kam sie dann wieder hierher und kaufte sich das Haus, in dem sie schon als junge Frau gewohnt hatte. Die anderen Häuser – die kleinen, verlotterten da – gehören ihr auch, aber sie stehen leer.«

»Da ist die Vorgeschichte also ganz ähnlich wie bei Wesley Thurgood, nicht?« meinte Bob.

»Ach, das hat nichts zu sagen!« bemerkte Allie schnippisch. »Mrs. Macomber ist eine nette Dame.«

»Freilich hat das was zu sagen«, erwiderte Onkel Harry. »In Twin Lakes läßt es sich sehr gut leben, ganz besonders im Ruhestand.« Er brachte den Wagen vor dem offenen Tor zum Stehen und zeigte nach vorn, wo die Straße endete und steile Berge die Westseite des Tales begrenzten. An einem Hang zur Linken, einige hundert Meter entfernt, konnten die Jungen eine Öffnung sehen – ein schwarzes, von Holzstreben eingefaßtes Rechteck.

»Das ist die Todesfallen-Mine«, sagte Onkel Haary. »In dem Holzhaus da vorn wohnt Mr. Thurgood. Und das große Gebäude dahinter gehört ihm auch. Das war früher das Hüttenwerk mit der Verwaltung.«

Die Jungen nickten. Onkel Harry bog nach links ab und fuhr durch das Tor auf einen schmalen Weg mit tief eingeschnittenen Reifenspuren. Zu beiden Seiten erstreckten sich lange Reihen von Weihnachtsbäumchen. Der Wagen holperte an einer umzäunten Koppel rechts vorüber, wo Allies Pferd, ein Apfelschimmel namens Indian Queen, mit drei anderen Pferden weidete. Ein Stück weiter vorn stand links am Weg ein prachtvolles neues Landhaus in einer Lichtung zwischen niedrigen Bäumen. Es war rot gestrichen und leuchtend weiß abgesetzt. Ganz am Ende des Weges lag eine uralte, windschiefe Scheune, die jahrelang keinen neuen Anstrich mehr bekommen hatte. Onkel Harry hielt vor dem Haus an, gähnte und dehnte die Glieder. »Endlich zu Hause«, sagte er.

Die Jungen und Allie stiegen aus dem Wagen, und die drei ??? standen einen Augenblick still und sahen sich um. Ein staubbedeckter, robuster Pritschenwagen parkte vor der Scheune. Hinter dem Haus konnten sie ein Stück umfriedeten Graslands sehen, wo Hühner gackerten und scharrten.

Onkel Harry kam mit steifen Bewegungen hinter dem Lenkrad hervor. »Ich mag gern ganz frische Eier«, sagte er mit einem Wink zum Hühnergarten. »Außerdem ist es so schön friedlich, wenn man frühmorgens aufwacht und das Gegacker hört. Und früh aufwachen tu ich immer, weil der Hahn es als seine ureigene Angelegenheit betrachtet, den Tag zu beginnen.«

Kaum waren die Worte ausgesprochen, da hörte man auch schon den Hahn hinter dem Haus. Doch er krähte nicht – er zeterte kläglich.

Unmittelbar darauf gab es Aufruhr im Hühnerhof – wildes Gekreisch und Geflatter. Und dann hörten die Jungen einen donnernden Schuß.

Peter stieß einen Schrei aus und ließ sich der Länge nach hinfallen, wobei er instinktiv den Kopf mit den Armen schützte. Justus und Bob gingen hinter dem Auto in Deckung.

Ein riesiges dunkles Etwas kam hinter dem Hühnergarten vorgeschossen und sprang auf Justus los. Undeutlich nahm Justus blitzende weiße Zähne und dunkle Augen wahr. Dann machte das Geschöpf einen Riesensatz, warf ihn zu Boden und sprang über ihn hinweg, und schon verschwand es in einem Feld mit Weihnachtsbäumen im Westen.

Allies mysteriöser Millionär

»Willkommen in unseren idyllischen Gefilden!« rief Allie lachend, als sich wieder die Nachmittagsstille über die Ranch legte.

Peter setzte sich auf und blinzelte. »Mann, was war denn das?« wollte er wissen.

»Das war Wesley Thurgoods Monster von einem Wachhund, mal wieder auf Hühnerjagd«, erklärte Allie, während auch Justus sich aufrappelte. »Der versucht immer, unterm Zaun ein Loch zu scharren und in den Hühnerhof einzubrechen. Dann veranstalten die Hühner ein Mordsspektakel, und Magdalena kommt herausgerannt und schießt ihre Schrotflinte ab. Wenn der Hund sich nicht in acht nimmt, schießt sie vielleicht zur Abwechslung mal nicht in die Luft, und dann kriegt er eine Schrotladung auf den Pelz gebrannt.«

»Magdalena?« fragte Bob.

»Meine Haushälterin«, erklärte Onkel Harry.

Eine kräftige schwarzhaarige Mexikanerin kam hinterm Haus hervor. Sie trug ein Kleid aus grobem Baumwollstoff mit bunter Blumenstickerei an Hals und Ärmeln, und sie hatte eine Schrotflinte in der Hand.

»Señor Osborne!« rief sie. »Allie! Ich bin froh, daß Sie zurück sind. Es ist viel zu ruhig, wenn Sie nicht da sind.«

Harrison Osborne lachte. »Und da sorgen Sie auf Ihre Art für ein wenig Umtrieb«, meinte er.

Magdalena verzog das Gesicht. »Dieser Hund, er ist ein Dieb!«
»Schon gut«, sagte Onkel Harry. »Ballern Sie nur immer kräftig drauflos, dann begreift er es am Ende doch noch. Magdalena, die Jungen hier sind Freunde von Allie. Justus Jonas, Bob Andrews und Peter Shaw. Sie wollen ein paar Wochen bei uns bleiben.«
Magdalenas schwarze Augen funkelten. »Ah, gut, gut!« rief sie. »Es ist schön, wenn mehr Jugend hier ist. Ich hole gleich Steaks aus dem Kühlschrank. Ihr seid doch hungrig nach der Reise.«
Sie verschwand im Haus.
»Ich hoffe, ihr habt wirklich Hunger nach der Fahrt«, sagte Onkel Harry. »Magdalena ist sehr ungnädig mit Leuten, die in ihrem Essen herumstochern.«
»Nur keine Sorge«, sagte Justus aufrichtig.
Onkel Harry machte sich daran, die Koffer aus dem Kombiwagen zu holen und sie auf die Terrasse zu stellen. Die Jungen gingen ihm rasch zur Hand. In wenigen Minuten hatten sie ihr Gepäck ins Haus und in einen großen Schlafraum im Dachgeschoß über dem geräumigen Wohnzimmer getragen. Allies Zimmer lag im ersten Stock, neben dem ihres Onkels. Magdalena hatte hinter der Küche eine eigene kleine Wohnung.
»Ihr wollt euch sicher frischmachen«, rief Onkel Harry zu den Jungen hinauf, als sie mit Auspacken anfingen. »Beeilt euch ein bißchen, ich will euch vor dem Essen noch alles zeigen.«
Sofort hatte Peter jegliches Interesse am Einräumen seiner Sachen in den Einbauschrank verloren. »Auspacken können wir noch lange«, sagte er und steuerte das Badezimmer auf der anderen Seite der Treppe an.
Bald darauf standen die Jungen mit Allie und Onkel Harry draußen unter dem blauen Himmel New Mexicos. Allie lief die Zufahrt entlang, zwei Stück Zucker in der Hand. »Hier, Queenie«, rief sie. Ihr Apfelschimmel schnaubte und kam zum

Zaun galoppiert. Das Mädchen legte dem Pferd die Arme um den Hals, und das Tier warf den Kopf zurück und wieherte freudig.

»Es war ein schweres Stück Arbeit, Allie für die paar Tage von ihrem Pferd wegzulotsen«, sagte Harrison Osborne. »Kommt mit. Ich möchte euch die Macheten zeigen, die wir zum Schneiden benutzen.«

»Macheten?« sagte Peter. »Sind das nicht große Buschmesser?«

Onkel Harry nickte. »In Abenteuergeschichten dienen sie dem Helden dazu, sich einen Pfad durch den Dschungel zu hauen.« Er führte die Jungen an dem Pritschenwagen vorüber und öffnete das Tor der baufälligen Scheune. Die Jungen rochen Heuduft und sahen in einer Ecke viele Ballen aufgestapelt. Wasserschläuche hingen von Wandhaken. Spaten, Scheren, Pflanzenheber und Hacken waren säuberlich neben einer Werkbank mit angeschraubtem Schleifstein aufgereiht. Über der Werkbank war ein Bord mit fünf gewaltigen, sehr gefährlich aussehenden Messern.

»Zu Hause nehmen wir zum Bäumeschneiden immer Scheren«, sagte Peter.

»Wenn man Tausende von Weihnachtsbäumen zu versorgen hat, sind Scheren zu umständlich«, erklärte ihm Onkel Harry. »Außerdem kann man mit einer Machete richtig gut Schwung holen.« Er nahm eines der großen Messer herunter, trat ein paar Schritte zurück und führte es vor. »Die Bäume wachsen nicht von selbst in die ideale Weihnachtsbaum-Form«, sagte er. »Als ich vor drei Jahren das Gelände hier kaufte, glaubte ich noch, ich brauchte nur Jungbäume in die Erde zu stecken und sie wachsen lassen. Aber da ist sehr viel mehr zu tun. Man muß bewässern und Unkraut jäten, und man muß schneiden. Man schaut sich so einen Baum an und stellt ihn sich vor, wie er als Weihnachtstanne aussehen sollte – hübsch kegelförmig, unten ausladend und schmal an der Spitze. Dann nimmt man Augenmaß und setzt die Machete an, so –« Die

Klinge blitzte auf, und es zischte in der Luft, als Onkel Harrys Arm schräg von oben heruntersauste. »Man schneidet alles weg, was diese harmonische Form stören könnte. Aber ihr müßt dabei aufpassen, denn ein Fehlhieb mit der Machete kann als tiefer Schnitt ins Bein enden. Ich schneide im Sommer, und wenn meine Bäume dann im November geschlagen werden, sind die Schnittstellen wieder neu begrünt und die Zweige stehen dichter. Alles klar?«

»Jawohl«, sagte Peter.

Onkel Harry hängte die Machete sorgsam wieder an ihren Platz und zeigte auf ein staubbedecktes altes Auto, das auf breiten Reifen am anderen Ende der Scheune stand. »Irgendwann in nächster Zeit werde ich eine neue Scheune bauen«, sagte er, »und mit diesem Wagen habe ich auch noch etwas vor.«

Justus trat zu dem Vehikel und spähte durch ein halbgeöffnetes Fenster. Er sah Sitze, die mit rissigem schwarzem Leder bezogen waren, und einen Wagenboden aus Holzbrettern. »Das ist ein Ford, Modell T, nicht?« fragte er.

»Ja«, sagte Onkel Harry. »Den kriegte ich als Dreingabe, als ich das Gelände kaufte. Er stand da, halb mit Heu zugedeckt. Ich habe das Heu abgeräumt, aber weiter bin ich damit nicht gekommen. Es gab zu viel anderes zu tun. Aber wenn es geht, will ich ihn wieder instandsetzen. Das Modell T ist heutzutage ein Sammlerstück.«

Allie tauchte am offenen Tor auf. »Wesley Thurgood ist unterwegs zu uns«, verkündete sie.

»Na gut, Allie. Und du benimmst dich«, sagte Onkel Harry warnend. »Keine großen Reden, hörst du?«

Allie gab keine Antwort. Die Jungen hörten draußen Schritte und eine Stimme. »Mr. Osborne?«

»Hier drin«, sagte Onkel Harry.

Ein magerer Mann um die vierzig mit gewelltem blondem Haar kam in die Scheune. Er trug ladenneue Jeans, die noch glatt und steif waren, und blanke Stiefel ohne einen Kratzer.

Sein Cowboyhemd sah aus, als habe er es erst am Nachmittag gekauft. Justus beobachtete ihn, wie er Onkel Harry die Hand schüttelte, und hörte dann zu, wie er sich für den Übergriff seines Wachhundes entschuldigte. Justus hatte den Eindruck, daß Allie zumindest mit einer ihrer Anschuldigungen recht gehabt hatte. Thurgood sah tatsächlich aus wie jemand, der eine Rolle spielt – ein Schauspieler, der sich für einen Auftritt kostümiert hat. Aber dann überlegte Justus. Was sollte man in Twin Lakes tragen, wenn nicht Jeans und halbhohe Stiefel und ein Cowboyhemd? Und wenn Wesley Thurgood keine alten Jeans hatte, was läge dann näher, als sich neue zu kaufen?
»Den Hund habe ich an die Kette gelegt«, sagte Thurgood. »Er kann jetzt nicht mehr herüberkommen und Sie belästigen.«
»Halb so schlimm«, sagte Onkel Harry. »Er hat sich ja keines von den Hühnern geschnappt, und ich glaube auch nicht, daß er das schafft, solange Magdalena aufpaßt.«
Dann machte Onkel Harry Mr. Thurgood mit den Jungen bekannt. Allie übersah Thurgood geflissentlich und starrte in die Luft. Er sah sie kurz an, und in seine klaren blauen Augen trat ein harter Ausdruck. Dann schaute er, wie es schien, geradewegs durch sie hindurch auf das Modell T. »Nanu, das ist ja ein richtiger Oldtimer, den Sie da haben«, sagte er.
»Ich hab' den Jungen gerade erzählt, daß ich ihn in nächster Zeit herrichten will«, sagte Onkel Harry.
Wesley Thurgood trat zu dem Wagen hin und berührte ihn, und plötzlich richtete sich Peter auf.
»Wesley Thurgood!« rief er. »Ich glaube, den Namen habe ich schon gehört!«
»So?« sagte Thurgood.
»Mein Vater ist Trickexperte beim Film«, sagte Peter. »Er hat vor einiger Zeit beim Essen mal über Sie gesprochen, Mr. Thurgood. Er sagte, der Requisiteur in seinem Atelier hätte für ein Filmprojekt einen alten Citroën gebraucht und bei Ihnen bekommen. Sie sind doch Oldtimer-Sammler.«

»Wie? Ja, das ist richtig«, sagte Thurgood.
»Papa hat uns von Ihrer Sammlung erzählt«, berichtete Peter. »Er sagte, Sie hätten eine große Garage mit Werkstatt, wo Ihre Autos stehen, und einen Mechaniker, der voll damit ausgelastet ist, die Wagen immer startklar zu halten.«
»Ja«, sagte Thurgood. »Wieso auch nicht? Solche Autos werden schließlich heute gar nicht mehr gebaut.«
»In dem Film ›Die Glücksjäger‹ war doch Ihr Silver Cloud zu sehen, nicht?« fragte Peter.
»Silver Cloud? Ja . . . ja, den hatte ich kürzlich an eine Filmgesellschaft ausgeliehen.«
»Einen Silver Cloud?« meinte Onkel Harry. »Na, dagegen nimmt sich mein Modell T geradezu kümmerlich aus.«
»Ich habe auch mal klein angefangen«, sagte Thurgood. »Wenn der Sammeleifer Sie erst gepackt hat, dann kaufen Sie auch alte Autos zusammen. Dann müssen Sie Ihre Scheune vergrößern.«
»Sie meinen wohl, dann muß ich eine neue bauen«, sagte Onkel Harry, und darauf trat er mit Thurgood ins Freie, wobei er angeregt über seine Pläne mit der Ranch plauderte.
»Na?« sagte Allie, als die beiden Männer weggegangen waren. »Seid ihr jemals einer so windigen Figur begegnet?«
»Tja, seine Kleider sind neu«, meinte Peter. »Aber was ist dabei? Erst hat mir der Name Wesley Thurgood nichts gesagt, aber dann, als er sich so für das Modell T interessierte, fiel mir ein, daß mein Papa schon viel von ihm und seiner Oldtimer-Sammlung erzählt hat. Er ist ungeheuer reich, und er ist eine Art Einsiedler – er hat ein großes Haus am Mandeville-Canyon mit drei Meter hohen Mauern darum herum.«
Justus räusperte sich. »Aber einen Silver Cloud hat er für die Dreharbeiten zu den ›Glücksjägern‹ nicht ausgeliehen«, sagte er in der leicht patzigen Art, worauf er Neuigkeiten zum besten zu geben pflegte. »In einer Filmzeitschrift stand ein Artikel über diesen Wagen. Er gehörte Jonathan Carrington, dem Finanzier. Und die ›Glücksjäger‹ wurden auch nicht

erst jetzt gedreht. Den Film gibt es nämlich schon seit etlichen Jahren.«

Niemand widersprach Justus, der sich viel auf seine Kenntnisse über Film und Theater zugute hielt. Doch Allie Jamison rief triumphierend: »Na, was hab' ich euch gesagt? Ein falscher Fünfziger! Gelogen hat er!«

Justus lächelte. »Nicht unbedingt, Allie. Du bist schon wieder zu vorschnell. Wesley Thurgood ist ein schwerreicher Mann, und wenn er einen ganzen Stall voll Oldtimer besitzt und für die Pflege eigens einen Mann beschäftigt, dann kann er sich wohl kaum um jede Kleinigkeit kümmern. Er erinnert sich nicht unbedingt mehr daran, ob er einen bestimmten Wagen zu einer bestimmten Zeit irgendeiner Filmgesellschaft geliehen hat. Um die Abwicklung kümmert sich sicherlich irgendein Angestellter, und der Mechaniker bringt dann den Wagen zum Atelier.«

»Hm!« meinte Allie, denn etwas Gescheiteres war schwerlich einzuwenden.

Dann herrschte in der Scheune ein recht unbehagliches Schweigen, bis Magdalena die vier zum Abendessen rief.

Recht hat der Erste Detektiv. So geht es zu in der Branche. Doch wie scharf ist Allies Blick für falsche Fünfziger? Im übrigen: auch ihr tragt gewiß neue Jeans nicht so auffällig zur Schau, obwohl ihr doch hin und wieder welche kauft. Würde mich interessieren, wie man das macht ...

Schüsse im Dunkeln

»Nimm noch ein Stück Erdbeerkuchen«, sagte Magdalena vom Ende des langen Tisches in der großen Küche. Justus hatte gerade den letzten Krümel seines Nachtisches vertilgt.
»Nein, danke«, sagte er. »Es war köstlich, aber ich möchte ein wenig abnehmen.«
Magdalena zog die Stirn in Falten. »Ihr jungen Leute – immer sorgt ihr euch um euer Gewicht. Allie ißt wie ein Spatz, und dabei ist sie so dürr wie ein Stecken. Diesen Sommer will ich versuchen, sie fett zu machen wie ein Taube.«
»Du bist ganz schlecht informiert, Magdalena«, sagte Allie. »Die Mediziner sagen, man solle schlank sein. Unser Pummel hier«, und sie nickte Justus zu, »sollte schon aufpassen.«
Justus wurde rot. Er haßte es, an die Zeit erinnert zu werden, als er ein Kinderstar beim Fernsehen war, unverkennbar wohlgenährt und über den ganzen Kontinent als ›Pummel‹ bekannt.
»Ich halte immer Diät«, sagte Justus.
»Du meinst, wenn du nicht gerade beim Essen bist.« Allie stand auf und trug ihre Teller zum Spültisch.
»Allie, du bist als Gastgeberin völlig unmöglich, und wenn du ein kleines Kind wärst, dann würde ich dich übers Knie legen«, erklärte ihr Onkel.
Allie antwortete nicht. Sie ließ Wasser über ihr Geschirr laufen und stellte es in die Geschirrspülmaschine.
Magdalena stand vom Tisch auf. »Geh nur zu deinen Freunden. Das mach ich schon.«
»Wir können doch helfen, Magdalena«, schlug Bob vor.
»Nein, nein! Ich mag es nicht, wenn sich in meiner Küche alle auf die Füße treten. Und die Spülmaschine macht doch die ganze Arbeit.«
Onkel Harry, Allie und die Jungen gingen ins Wohnzimmer, wo Onkel Harry vor dem Fernsehgerät sofort einschlief. Auch die Jungen gähnten.

»Ihr Schlafmützen!« höhnte Allie. »Es ist noch nicht neun!«
»Wir sind seit fünf Uhr früh auf den Beinen«, erklärte Bob.
»Ich ja auch«, sagte Allie. »Paßt auf – ich hol' jetzt das Schachbrett, und –«
»Nein, besten Dank!« fiel ihr Justus ins Wort. »Ich habe beschlossen, daß es nach meiner inneren Uhr jetzt halb elf ist. Ich geh schlafen.«
»Ich auch.« Peter ging zur Treppe.
Bob gähnte und folgte ihm nach.
»Spielverderber!« maulte Allie.
»Diese Allie kann einem ganz schön auf den Wecker fallen«, beklagte sich Peter, als die Jungen oben waren und zu Bett gingen. »Die steht immer unter Hochdruck.«
Justus streckte sich aus und legte die Hände unter den Kopf. »Nicht unbedingt«, sagte er. »Hört mal.«
Bob und Peter wurden still. Sie hörten, wie der Fernseher ausgeschaltet wurde. Harrison Osbornes Stimme drang leise und schläfrig zu ihnen. Eine Tür fiel ins Schloß, und man hörte Wasser rauschen. Dann schloß sich noch eine Tür.
»Allie geht auch ins Bett«, sagte Justus.
Er drehte sich auf die Seite und knipste die Nachttischlampe aus. Das Zimmer war dunkel bis auf den Mondschein, der durch die offenen Fenster einfiel und verschobene Vierecke aus kaltem Licht auf den Fußboden warf.
Justus schloß die Augen. In der nächsten Sekunde war er eingeschlafen. Er schlief tief und reglos, bis er durch einen Ton von draußen jäh geweckt wurde – ein gedämpftes Dröhnen, das widerhallte und grollte und dann erstarb.
Hellwach setzte sich Justus auf. Er konzentrierte sich und horchte; vielleicht würde der Laut noch einmal auftreten.
In seinem Bett stöhnte Peter. »Magdalena«, murmelte er. »Schießt schon wieder auf Hunde.«
»Nein.« Justus stieg aus dem Bett und trat ans Fenster. »Es hörte sich an wie ein Schuß, aber Magdalena war das nicht. Zu weit weg.«

Justus schaute über die mondbeschienenen Felder voller Weihnachtsbäume, die sich hinter dem Haus erstreckten. Zu seiner Rechten konnte er Mrs. Macombers Haus sehen und die leerstehenden Häuser, die zu ihrem Anwesen gehörten. Gegenüber, am leicht ansteigenden Hang, war Wesley Thurgoods Besitz deutlich sichtbar. Ein kleiner kastenförmiger Geländewagen parkte neben dem Eingang zur Mine. Neben Thurgoods Holzhaus bewegte sich ein Schatten, und der Wachhund schlich zum Ende seiner Kette, hob den Kopf und stieß ein lautes Geheul aus.

In dem kleinen Haus hinter dem Tor zu Onkel Harrys Grundstück ging das Licht an. Eine Tür öffnete sich, und Justus sah Mrs. Macomber im Morgenmantel heraustreten. Sie stand auf der Veranda und sah zu Thurgoods Haus herüber.

Unten im Wohnzimmer waren Stimmen zu hören. Onkel Harry war auf und Magdalena auch.

»Ich war es nicht«, hörten die Jungen die Haushälterin sagen. »Ich habe nicht geschossen.«

Nackte Füße tappten über den Treppenabsatz, und dann wurde heftig an die Tür gepocht. »Hallo, ihr drei!« Das war Allie. »Habt ihr das gehört?«

Die drei ??? schlüpften in ihre Bademäntel und traten hinaus, vor zur Treppe. Dort kniete Allie am Fenster, die Ellbogen auf den Sims gestützt. »Das ist Thurgood!« flüsterte sie. »Ich bin ganz sicher, daß der Schuß von Thurgoods Haus kam. Seht doch!«

Peter trat ans Fenster. »Was ist denn?« fragte er.

Allie zeigte zu Mrs. Macombers Haus hinüber. Die Frau auf der Veranda drehte sich um, ging wieder hinein und schloß die Tür.

»Mrs. Macomber ist von dem Lärm aufgewacht«, stellte Allie fest. »Und der Hund auch. Er hat gebellt und uns geweckt. Aber Thurgood hat er nicht geweckt. Zumindest hat der kein Licht gemacht und ist auch nicht hinausgegangen, um den Hund zu beruhigen. Ich wette, der hat selber geschossen!«

»Allie!« Harrison Osbornes Stimme drang von unten herauf. »Was machst du denn da oben?«

»Ich wollte nur wissen, ob es was zu sehen gibt«, rief Allie. Sie stand auf und trat zur Treppe. »Onkel Harry, da hat bestimmt Wesley Thurgood geschossen.«

»Allie«, sagte ihr Onkel gereizt. »Du machst dich noch verrückt mit Thurgood. Wahrscheinlich war es irgendwer auf der Jagd nach Kaninchen oder Präriewölfen.«

»Ja, aber wer?« fragte Allie. »Von hier aus kann man bis zu den Bergen hinüberschauen. Es ist niemand dort draußen. Und wenn ein Präriewolf in der Nähe wäre, würde der dann nicht Jagd auf unsere Hühner machen?«

»Das könnte er nicht, wenn ihn einer rechtzeitig abknallte«, sagte Onkel Harry. »Jetzt komm nur herunter und geh wieder ins Bett, und laß die Jungen weiterschlafen.«

»Ach, Mist!« rief Allie.

Sie war schon halb die Treppe hinunter, als Justus sie plötzlich zum Fenster zurückrief.

Thurgood war auf dem freien Platz unweit seines Hauses aufgetaucht. Er hielt eine Schrotflinte im Arm. Die Jungen sahen ihn zu den Bergen jenseits der Zufahrt zu seinem Grundstück hinüberschauen. Dann legte er die Flinte an, zielte und gab Feuer.

Wieder zerriß ein Schuß die nächtliche Stille. Wieder heulte der Hund. Thurgood ging zu ihm und tätschelte ihm den Kopf. Da beruhigte er sich, und Thurgood verschwand in seinem Haus.

»In einem Punkt hattest du recht, Allie«, sagte Peter. »Es war Thurgood.«

»Und es sieht so aus, als ob dein Onkel auch recht hatte«, stellte Bob fest. »Bestimmt hat Thurgood auf einen Präriewolf geschossen.«

Allie gab einen entrüsteten Laut von sich und hopste die Treppe hinunter.

»Allie hat diesen Thurgood wirklich gefressen«, sagte Bob,

als er in den Schlafraum zurücktappte. »Egal, was er tut – was Gutes traut sie ihm nicht zu.«

Justus stieg in sein Bett. »Ich glaube, wenn ich Minenbesitzer wäre, dann würde ich für Allie Jamison eine Führung veranstalten, damit sie ihre Neugierde befriedigen kann«, sagte er. »Das wäre viel einfacher, als sie sich zum Feind zu machen.«

Bob und Peter krochen ebenfalls in ihre Betten, und nach ein paar Minuten merkte Justus an ihrem gleichmäßigen Atmen, daß sie eingeschlafen waren. Justus selbst war allerdings unnatürlich wach. So lag der Erste Detektiv im Finstern und horchte auf den Wind, der durch die Weihnachtsbäume strich.

Endlich setzte sich Justus auf. »Wo war Thurgood, als er den ersten Schuß abgab?« sagte er laut.

»Hm?« Peter drehte sich im Bett um.

»Wa . . .was?« sagte Bob.

»Wo war Thurgood, als er den ersten Schuß abgab?«

»Den ersten Schuß?« sagte Peter. »In seinem Haus, nehme ich an.«

»Hast du ihn herauskommen sehen?« fragte Justus. »Habt ihr ihn vor diesem zweiten Schuß aus dem Haus kommen sehen?«

»Nein, ich glaube nicht. Ich hab' nur auf Allie geachtet.«

»Ich auch«, sagte Justus. »Bob, hast du gesehen, woher Thurgood kam, ehe er zum zweitenmal schoß?«

»Nein«, antwortete Bob.

»Also hätte er überall sein können«, entschied Justus. »Ich glaube nämlich nicht, daß er in seinem Haus war. Der erste Knall klang gedämpft, so daß ich nicht mal sicher bin, ob das überhaupt ein Schuß war. Der zweite war schärfer, und er hörte sich näher an. Möglicherweise war Thurgood in der Mine, als er zum erstenmal schoß.«

»Na und?« fragte Peter.

»Nichts weiter«, sagte Justus, »nur glaube ich nicht, daß da ein Präriewolf in der Gegend war. Der Hund hätte sonst gebellt, und wir hätten das Tier auch gehört. Aber der Hund

bellte erst nach dem Schuß. Angenommen, Thurgood hatte in der Mine auf etwas geschossen und kam dann heraus und entdeckte, daß der Schuß die Nachbarn geweckt hatte. Und angenommen, er wollte verheimlichen, daß er in der Mine geschossen hatte. Was würde er dann tun?«
Die beiden anderen Jungen antworteten nicht.
»Würde er sich dann nicht offen hinstellen und gleich nochmal schießen?« fragte Justus. »Damit es so aussähe, als hätte er auf einen Präriewolf geschossen?«
»Du bist ja schon so schlimm wie Allie«, sagte Bob.
»Mag sein«, gab Justus zu. »Aber es ist durchaus möglich, daß mit Mr. Thurgood irgendwas nicht stimmt. Vielleicht hat Allie da tatsächlich einen Fall!«

Die Mine ist verboten

Als Justus beim Schein der Morgensonne erwachte, erschien ihm sein Mißtrauen in der vergangenen Nacht recht lächerlich. Er zog sich an und ging in die Küche hinunter, wo Bob und Peter schon frühstückten. Onkel Harry saß oben am Tisch, und Magdalena stand am Herd und backte Pfannkuchen.
Peter hob die Hand zum Gruß. »Allie ist schon draußen und reitet, und wir wollten gerade heraufkommen und dich wekken«, sagte er. »Heute machen wir uns an die Arbeit, mit den Macheten.«
»Mal was anderes«, sagte Justus.
»Als was?« fragte Onkel Harry.
»Na ja – sonst schleppen wir immer nur Schrott durch die Gegend«, erklärte Justus.
»Hoffentlich macht's euch Spaß.« Onkel Harry lächelte. »Mir gefällt es. Es hat doch was mit Gestalten zu tun, wenn man

einen Weihnachtsbaum in Form modelliert. Aber müht euch am ersten Tag nicht zu sehr ab. Macht das mal eine Stunde oder so, und dann legt eine Pause ein.«

Nach dem Frühstück holte Onkel Harry drei der großen Messer herunter, die in der Scheune über der Werkbank hingen. Die Jungen folgten ihm zu einem Feld zwischen dem Wohnhaus und der Straße. Sie schauten zu, wie er einen Baum stutzte, wobei er die Machete mit raschen, schrägen Hieben niedersausen ließ und Äste abschlug, die unregelmäßig herauswuchsen. »Nicht zu nah an den Baum rangehen«, warnte er. »Und gut von der Machete zurücktreten, und immer das Messer vom Körper weg nach der Seite schwingen. Ich möchte nicht, daß was passiert.«

Onkel Harry sah sich an, wie jeder der Jungen einen Baum zurechtstutzte. Als er zufrieden feststellen konnte, nun hätten sie es im Griff, ließ er sie auf dem Feld zurück und ging wieder ins Haus. Ein paar Minuten später fuhr er mit Magdalena im Kombiwagen weg.

Die Jungen arbeiteten schweigend, bis sie die dröhnenden Hufschläge von Allies Apfelschimmel im Gelände zwischen der Zufahrt und Wesley Thurgoods Grundstück hörten. Als die Jungen aufschauten, kam Allie in die Koppel geritten, nahm der Stute den Sattel ab und rieb sie mit Stroh trocken. Dann verschwand sie im Ranchhaus.

Bald darauf hörten die Jungen das Geräusch eines startenden Motors. Sie sahen zur Scheune vor. »Hoppla!« sagte Peter. »Was ist denn nun los?« Allie war hinter das Lenkrad des Pritschenwagens geklettert. Es krachte im Getriebe, und Allie kam mit dem Gefährt auf der Zufahrt angerumpelt.

»Allie, bist du verrückt?« schrie Peter. »Was machst du da?« Allie war bei den Jungen angelangt und trat auf die Bremse. Der Motor spuckte und ging aus. »Alles in Ordnung«, sagte Allie munter. »Ich darf damit fahren, solange ich auf unserem Gelände bleibe.«

»Aber du bist doch zu jung!« erhob Peter Einspruch.

»Ich bin zu jung für den Führerschein«, sagte Allie. »Aber wenn man zu den Pedalen runterkommt, ist man nicht zu jung zum Fahren.«

Sie versuchte, den Motor wieder in Gang zu setzen, was ihr aber mißglückte. »Sollte mehr Übung haben, glaube ich«, sagte Allie.

»Weiß dein Onkel, daß du das machst?« fragte Peter.

»Klar!« erwiderte Allie. »Er findet, Mädchen sollten alles lernen, was Jungen auch können.«

»Wer's glaubt...«, sagte Peter. »Du hast ja extra gewartet, bis er mit Magdalena weggefahren war.«

Allie lehnte sich aus dem Führerhaus. Ihre Augen zwinkerten übermütig. »Sie sind einkaufen gefahren und bleiben eine ganze Weile weg. Und Wesley Thurgood ist auch nicht zu Haus, und der Hund liegt an der Kette.«

»Ich weiß, was du vorhast«, sagte Peter. »Du willst dir diese Mine vornehmen. Na, das ist deine Sache.«

Justus stand mit seiner Machete da. Der Knall des Schusses in der Nacht fiel ihm wieder ein – ein gedämpfter Laut, der aus einer Höhle im Berghang hätte kommen können.

»Ihr Feiglinge!« spottete Allie. »Na schön, bleibt da und vergeßt das Geheimnis.« Wieder kam der Motor stotternd in Gang, und diesmal klappte es.

»Warte mal eben!« rief Justus. »Ich komm' mit!«

»Na also!« Allie lachte. »Nimm deine Machete mit. Wenn Thurgood zurückkommt, laufen wir einfach zum Wagen zurück und tun so, als seien wir auf dem nächstgelegenen Feld beim Schneiden.

»Wie steht's mit dir, Peter? Und Bob?«

Peter sah Justus zweifelnd an. Als größter und stärkster der drei ??? wußte Peter abenteuerliche Unternehmungen zu schätzen, aber er wollte sich grundsätzlich nie auf ein Risiko einlassen. Justus hingegen konnte keinem sich darbietenden Fall widerstehen, egal ob harmlos oder hochbrisant. Und wenn er sich einmal zum Handeln entschlossen hatte, konnte ihn nichts mehr aufhalten. Achselzuckend stieg Peter zu Allie ins Führerhaus. Bob war ebenfalls klar, daß Justus eine Spur verfolgte, und er stieg auf die Pritsche.

Allie startete von neuem, und auf einem unebenen Feldweg, den ein Bulldozer quer durch Harrison Osbornes Grundstück geräumt hatte, rumpelten sie durch die Pflanzungen.

»Eine tolle Kiste, das«, rief Allie. Sie versuchte den Wagen mit so viel Hingabe zu meistern, daß sie, wie es schien, vom Scheitel bis zur Sohle ständig in Bewegung war. Jedesmal wenn sie die Kupplung betätigte, mußte sie sich tief ducken, und die Gangschaltung forderte ihr alle Kräfte ab. Ihre Hand schnellte vor, um an einen zweiten Hebel neben dem Ganghebel zu fassen. »Hier stellt man den Allradantrieb an, wenn es steil bergauf geht und man zusätzlichen Schub braucht«, sagte sie. »Und da vorn ist eine Kurbel, falls man steckenbleibt oder im Graben landet. Und er hat vier Vorwärtsgänge. Das Schema für die Gangschaltung ist auf dem Hebelknauf. In den ersten Gang geht's hier vor, dann zieht man zurück in den zweiten, und...«

»... und ich hoffe nur, daß wir die Mühle heil wieder zur Scheune zurückbringen!« sagte Peter, als der Wagen einen Satz vorwärts machte.

»Du Pessimist«, sagte Allie. Am Rand eines Feldes, das an Wesley Thurgoods Land grenzte, brachte sie den Wagen zum Stehen. Die Jungen stiegen aus und schauten sich um.

Hinter einem Streifen Brachland sahen sie den Berghang steil aufragen. Der Eingang zur Mine war ein dunkles, bedrohliches Loch am Fuß des Berges. Sie konnten ein Stück weit in die Mine hineinschauen, vorbei an den Balken, die den Einlaß rahmten. Der Boden des Stollens war mit trockenem weißem Sand und Kies bedeckt. Hinter dem Eingang schien der Gang abzufallen. Zur Rechten der Mine stand das verlotterte Holzhaus, wo Thurgood wohnte.

»Richtiges Slumquartier, was?« Allie zeigte hin.

»Irgendwann wird er den Schuppen herrichten«, meinte Bob.

»Wie lange ist er nun schon hier?«
»Fast einen Monat«, sagte Allie. »Der kam an mit einer Rolle Bettzeug und ein paar Töpfen und Tellern, und ich glaube, dabei ist es geblieben. So richtig primitiv. Der große Bau hinter seinem Haus war mal das Hüttenwerk. Dort wurde das Erz verhüttet und das Silber ausgeschmolzen.«
Eine Kette rasselte, und der Wachhund kam um die Ecke seiner Hütte. Er war nicht so riesenhaft, wie die Jungen zunächst geglaubt hatten, aber sehr groß war er doch. Justus meinte, er könne halb Labrador Jagdhund und halb Deutscher Schäferhund sein. Als der Hund Allie und die Jungen sah, stieß er ein leises Knurren aus.
»Ist seine Kette auch an was richtig Solidem festgemacht?« fragte Peter.
Allie lachte. »Keine Sorge. Ich hab' ihm schon mal einen Stock hingeworfen, als ich auf Queenie vorbeigeritten kam. Der kann nicht an uns heran.«
»Elegante Methode, sich mit so einem Biest anzufreunden, Allie«, meinte Bob. »Wenn er sich nun losgerissen hätte?«
»Dann wären Queenie und ich ihm davongaloppiert«, erklärte Allie. Sie holte eine Taschenlampe aus dem Handschuhfach des Wagens. »Kommt mit.«
Sie liefen quer über das Brachland zum Eingang der Mine. Der Hund geriet außer sich und warf sich ihnen entgegen. Mit aller Kraft versuchte er die Kette zu zerreißen. Allie ließ das kalt, und die drei ??? folgten ihr in die lastende Düsternis. Als sie ein paar Schritte hinter dem Eingang waren, knipste Allie die Lampe an. Der Lichtkegel tanzte über den Boden des Stollens, der sich abwärts neigte. Hin und wieder zweigten Seitengänge ab. Die Wände waren mit Bauholz so dick wie Eisenbahnschwellen abgesichert, und riesige Querträger halfen die Felsendecke stützen.
Abgesehen vom Hundegebell draußen war es in der Mine ganz still. Doch undeutlich war ringsum eine leise Bedrohung zu spüren. Allie und die Jungen bewegten sich vorsichtig durch

den Tunnel. Auf dem unebenen Felsboden mußten sie vorsichtig auftreten. Justus behielt den Lichtkegel im Blick, der die vorn lauernde Dunkelheit durchdrang.
Etwa fünfzig Meter weiter drinnen gabelte sich der Stollen in zwei Gänge, wovon einer rechts abbog und der andere halb links weiterführte. Sie zögerten. Dann ging Allie nach links. Die Jungen kamen nach, und die schwache Helligkeit vom Mineneingang war nun nicht mehr zu sehen. Abgesehen vom Licht der Taschenlampe befanden sie sich in völliger Finsternis. Ihre Schritte hallten unheimlich in der Grube wider.
»Würde mich interessieren, wo die Dame gestürzt ist«, sagte Allie. »Die Frau, die hier drin ums Leben gekommen ist.« Unwillkürlich erschauerte sie.
»Moment mal, Allie«, sagte Justus. Er hatte auf dem Boden des Stollens etwas entdeckt. »Leuchte mal hier herüber«, forderte er sie auf.
Allie richtete den Lichtstrahl auf ein Häufchen Steine und Kiesel, die offenbar von der Stollenwand herabgefallen waren. Als Justus sich bückte, um einen Stein aufzuheben, ging Allie mit ihrer Lampe unvermittelt weiter.
»He!« rief Peter. »Komm doch wieder her mit dem Licht!«
Doch Allie ließ sich nicht aufhalten, und ihr hüpfendes Licht schien immer schwächer aus dem Seitengang herüber, in den sie sich verdrückt hatte.
»Allie!« rief Bob.
Plötzlich wurde es im Tunnel hinter ihnen hell – ein sehr starkes Licht, das die Jungen in seinem grellen Schein erstarren ließ. »Was treibt denn ihr Lümmel hier?« fragte eine zornige Stimme. Wesley Thurgood!
»Äh – hm. . .« machte Peter.
Dann hörten die drei ???, wie Allie ihre Taschenlampe fallen ließ. Klirrend stürzte sie aufs Gestein, und Glas splitterte. Am Ende des dunklen Seitenganges stieß Allie einen markerschütternden Schrei aus.
Sie schrie und schrie und hörte nicht mehr auf.

Die Todesfalle!

»Allie! Was ist passiert?« brüllte Justus.

Das Schreien ging weiter, schrill und unbeherrscht.

»Hol der Kuckuck diese Göre!« Thurgood rannte an den Jungen vorbei und verschwand in dem Seitengang. Die Jungen stolperten hinter ihm und seinem Licht her.

Da war Allie – sie stand regungslos am Rand eines Schachtes, der vom Minenboden jäh abfiel. Sie starrte in die Finsternis zu ihren Füßen hinunter, und sie schrie immerzu.

»Hör auf!« Thurgood packte sie am Arm und zog sie vom Schacht weg.

Allie zitterte und zeigte in den Abgrund. »Da – da unten!« Die Jungen gingen vorsichtig zum Rand des Schachtes, und Thurgood leuchtete mit seiner Lampe hinunter. Tief war die Grube nicht – nur drei oder vier Meter – aber ihre Wände fielen senkrecht ab.

Unten auf dem Grund des Schachts lag etwas, das aussah wie ein Haufen alter Lumpen. Aber dann konnten sie alle im Licht der Taschenlampe das sehen, was einmal eine Hand gewesen war – die Hand eines Menschen. Und in den Lumpen steckte ein Körper, der seltsam verkrümmt auf dem Felsboden des Schachts lag. Sie sahen eingesunkene Augen und wirres, staubbedecktes, verfilztes Haar.

»Tot!« schrie Allie. »Er... es ist tot! Tot!«

»Hör endlich auf!« fuhr Thurgood sie noch einmal an.

Da schluckte Allie und war still.

Aus dieser zweifellos makabren Situation nun zu folgern, daß sich Wesley Thurgood mit seinen Schüssen in der Mine kurzerhand eines persönlichen Feindes entledigt hat, wäre sicherlich ebenso unbedacht wie Allies Urteil über den neuen Minenbesitzer.

Bei Allies Äußerungen scheint diesmal stereotypes Entsetzen die Oberhand über ihre sonstige fixe und treffsichere Rede gewonnen zu haben.

»Jetzt raus mit euch!« kommandierte Thurgood. »Alle!«
Justus und Bob griffen sich Allie bei den Armen. Peter stolperte hinterdrein, und Thurgood scheuchte sie im Schein seiner Taschenlampe vorwärts. So gelangten sie wieder zum Hauptstollen der Mine und durch den Ausgang ins Sonnenlicht hinaus. Der Hund bellte, aber Justus kam der Laut unwirklich vor wie aus einem Alptraum. Im Geist sah Justus noch das Bündel Kleider auf dem Grund des Schachts vor sich, den Kopf mit den offenen, starren Augen und die ausgedörrte, lederartige Hand.
»Ihr geht jetzt nach Hause!« sagte Thurgood. »Nach Haus und dort bleibt ihr auch, hört ihr, alle vier! Wenn ich euch jemals wieder in meiner Mine erwische, drehe ich euch eigenhändig den Hals um!«
Er ging in sein Haus und schlug die Tür zu. Allie und die Jungen machten sich langsam davon, vorbei an Thurgoods blankem, rotem Geländewagen, der jetzt neben der Mine parkte, und an Onkel Harrys Pritschenwagen, den sie auf dem Feld stehengelassen hatten.
Als sie beim Ranchhaus ankamen, hatte Allie wieder Farbe im Gesicht. »Wir melden es dem Sheriff«, sagte sie. »Dieser Thurgood! Wußte ich's doch, er hat so was Unheimliches an sich!«
»Bestimmt hat er den Sheriff schon selber verständigt«, erklärte Justus. »Und ich finde, du solltest doch lieber keine Anschuldigungen gegen ihn vorbringen.«
»Wieso denn nicht?« fragte Allie. »Immerhin liegt 'ne Leiche in seiner Mine!«
»Und bis jetzt haben wir keine Ahnung, wie dieser Tote dorthin gekommen ist«, stellte Justus fest.

Plötzlich tauchte auf der Straße zur Stadt eine Staubwolke auf. Eine Sekunde später raste ein beigefarbenes Auto vorüber. Auf die Tür war das Wort »Sheriff« gemalt. Die Jungen konnten auch kurz den Fahrer sehen, einen großen Mann mit einem Cowboyhut. Bei Thurgoods Holzhaus bog der Wagen ab und hielt an.

Justus lächelte. »Siehst du?« sagte er zu Allie.

Allie lächelte zurück, aber voller Bosheit. »Fragt sich nur, was Thurgood dem Sheriff erzählt.«

»Und was erzählst du jetzt deinem Onkel?« Justus nickte zur Straße hin. Gerade kam der Kombiwagen mit Onkel Harry und Magdalena auf den Vordersitzen angefahren. Beim Tor bog Onkel Harry ein, und Justus merkte ihm seine Besorgnis an.

»Allie!« rief er laut. Der Wagen kam auf der Zufahrt zum Stehen, und Onkel Harry lehnte sich aus dem Fenster. »Sheriff Tait hat mich auf der Landstraße überholt. Ist irgendwas passiert?«

»In Thurgoods Mine liegt eine Leiche«, sagte Allie selbstgefällig.

»Eine Leiche? In der Mine?«

Allie nickte.

»Madre de Dios!« Magdalena stieg aus. »Allie, woher weißt du das?«

Es entstand eine unbehagliche Stille. Harrison Osborne sah seine Nichte an. »Allie, warst du etwa wieder in der Mine?«

Justus trat einen Schritt vor. »Ja, wir waren alle drin, Mr. Osborne. Ich wollte das mit den Schüssen heute nacht herauskriegen und...«

»Ich verzichte auf Erklärungen!« sagte Onkel Harry. »Ihr geht jetzt alle ins Haus und bleibt drin, verstanden?«

Onkel Harry stampfte über die Felder davon, auf Thurgoods Grundstück los. Unterwegs gesellte sich Mrs. Macomber zu ihm; sie war aus ihrem Haus getreten, als der Wagen des Sheriffs vorüberkam.

Die drei ??? und Allie gingen im Obergeschoß des Ranchhauses neugierig von Fenster zu Fenster und versuchten zu erspähen, was sich nun tun würde. Nach einiger Zeit fuhr ein Krankenwagen in Thurgoods Gelände ein und parkte beim Mineneingang. Erst nach mehr als einer Stunde fuhr er wieder ab und verschwand in Richtung Stadt. In der Zwischenzeit kamen noch andere Autos an. Eines war ein Fahrzeug der Straßenwacht. Um drei Uhr kam Harrison Osborne mit seinem Lieferwagen zum Haus zurückgefahren.

»Na?« meinte Allie. »Haben sie Thurgood verhaftet?«

»Aber nein«, sagte Onkel Harry. »Warum sollten sie ihn verhaften? Wer das in der Mine auch war, tot ist er seit sehr langer Zeit. Der Leichenbeschauer will eine Autopsie vornehmen lassen, aber vorläufig sieht es so aus, als sei der Tote vor Jahren hergekommen, in den Schacht gestürzt und mit gebrochenem Genick liegengeblieben. Mit Thurgood hat das nichts zu tun. Es muß passiert sein, ehe der Mineneingang verbarrikadiert wurde.«

»Vor fünf Jahren«, sagte Magdalena, die aus der Küche hereingekommen war. »Die arme Seele. Fünf Jahre lang hat er dagelegen, und niemand wußte es!«

»Wurde damals die Mine abgesperrt?« fragte Peter. »Ich dachte, sie sei schon vor vierzig Jahren stillgelegt worden.«

»Du hast recht, Peter«, sagte Magdalena. »Die Mine ist schon lange stillgelegt, aber man konnte immer noch hinein. *Si*. Es war vor fünf Jahren – im Frühling –, da sperrten sie sie mit einem Eisengitter zu. Ich weiß das noch genau.«

Justus saß am Boden und warf geistesabwesend ein Steinchen in die Luft.

»Was hast du da?« fragte ihn Allie.

Justus fing das Steinchen wieder auf. »Das hab' ich heute früh in der Mine aufgehoben, ehe du dich mit der Taschenlampe abgesetzt hast.« Er netzte einen Finger und rieb über den Stein.

»Du sagtest ja, die Mine sei eine ausgebeutete Silbergrube.

War da eigentlich auch Gold drin?«
»Nicht daß ich wüßte«, sagte Onkel Harry.
Justus hielt das Steinchen ans Licht. »Da drin verläuft eine dünne, helle Ader«, sagte er. »Wahrscheinlich nur Pyrit. Oder vielleicht Glimmer – Katzengold.«
»Pyrit und solches Zeug interessiert mich nicht«, sagte Allie. »Ich will wissen, warum Wesley Thurgood die Leiche in der Mine nicht gemeldet hat. Erst mußten wir hineingehen und sie finden, und da konnte er ja nicht anders, als den Sheriff zu holen. Was wäre ihm sonst übriggeblieben, nachdem wir die Leiche gesehen hatten?«
Onkel Harry riß der Geduldsfaden. »Wesley Thurgood wußte eben nicht, daß der Tote in der Mine lag«, sagte er. »Er hat ja erst vorige Woche das Eisengitter am Eingang abgenommen, und er hatte keine Zeit, die Mine gründlich zu untersuchen. Allie, er hatte doch überhaupt keinen Grund, einen solchen Fund geheimzuhalten. Wenn du's nicht endlich lassen kannst, unbegründete Beschuldigungen zu verbreiten, dann bin ich gezwungen, dich in den Keller zu sperren, mit einem Sack überm Kopf!«
Ein Wagen hielt draußen auf der Zufahrt an, und der Sheriff kam über die Veranda. Magdalena hatte ihm die Tür geöffnet, noch ehe er anklopfen konnte. Onkel Harry stand auf, aber der Sheriff sah Allie an. Sein Blick war ernst. »Allie, du weißt, warum diese Mine die ›Todesfalle‹ genannt wird?«
Allie nickte.
»Dort kann man ums Leben kommen, oder nicht?«
Wieder nickte Allie. »Ja, ich weiß, Sheriff Tait.«
»Wenn du noch einmal da hineingehst, nehme ich dich fest und bringe dich aufs Revier, und dann kann dich dein Onkel dort wieder abholen. Das gilt auch für euch, Jungs.«
Sheriff Tait nahm sich einen Stuhl und setzte sich Onkel Harry gegenüber.
»Haben Sie herausgefunden, wer dieser Mann war?« fragte Harrison Osborne.

Tait nickte. »Ich denke schon. In der Gesäßtasche war eine Brieftasche mit einer Karte – eine Adresse in San Francisco. Wir riefen dort an, um zu erfahren, ob eine Vermißtenmeldung für einen gewissen Gilbert Morgan vorliegt, der seit fünf Jahren oder möglicherweise auch schon länger verschwunden ist. Und tatsächlich – im Januar vor fünf Jahren wurde Gilbert Morgan, der auch unter den Namen George Milling, Glenn Mercer und George Martins aufgetreten war, aus dem Zuchthaus San Quentin entlassen, nachdem er von einer fünfzehnjährigen Haftstrafe wegen bewaffneten Raubüberfalls sechs Jahre verbüßt hatte. Er meldete sich noch zweimal bei seinem Bewährungshelfer in San Francisco, und dann tauchte er unter. Seither wurde nach ihm gefahndet. Wir müssen seine Identität anhand von Gebißmerkmalen noch endgültig feststellen, aber die allgemeine Beschreibung paßt. Der Körper ist noch nicht sehr stark verwest. Das Klima ist hier so trocken, daß die Leiche wie mumifiziert wirkt.«

»Der arme Mr. Thurgood«, sagte Allie mit ekelhaft sanfter Stimme. »Der wußte wohl nicht mal, daß es da überhaupt eine Leiche gab.«

»Natürlich nicht. Hätte er es bemerkt, dann hätte er mich sofort verständigt.« Der Sheriff stand auf und wandte sich zum Gehen. »Präge dir gut ein, was ich dir zu der Mine gesagt habe, junge Dame.«

Er ging mit Onkel Harry hinaus, und auf der Zufahrt blieben sie nochmals stehen und unterhielten sich leise.

»Sonderbar, daß Thurgood seine Mine nicht durchsucht hat, sobald er das Gitter vom Eingang abgenommen hatte«, sagte Justus. »Ich würde das sofort tun, wenn ich eine Mine gekauft hätte.

»Ich hab' euch ja gesagt, mit dem stimmt was nicht!« sagte Allie.

»Vor fünf Jahren also«, sagte Justus. »Vor fünf Jahren, im Januar, wurde ein Dieb namens Gilbert Morgan aus dem Zuchthaus entlassen. Er meldete sich noch bei seinem Bewährungshelfer in San Francisco, und dann verschwand er. Irgendwann zwischen Januar und dem Frühjahr, als die Mine abgesperrt wurde, kam er nach Twin Lakes, ging in die Mine und kam dort ums Leben. Ich frage mich, wo er in der Zwischenzeit war. Magdalena, hätte er hier am Ort sein können?«

Magdalena schüttelte den Kopf. »Twin Lakes ist so klein. Ein Fremder würde auffallen.«

Justus nickte. »Stimmt. Und wenn der Mann auf der Flucht war, hätte er unbemerkt bleiben wollen. Dann wäre er irgendwohin gegangen, wo er in der Menge hätte untertauchen und damit unbemerkt bleiben können. Aber er kam hierher.«

»Ich möchte wissen, was vor fünf Jahren sonst noch in Twin Lakes passiert ist«, sagte Allie. »Die Mine wurde abgesperrt, und der Verbrecher war drinnen. War sonst noch jemand in der Stadt, der für uns interessant sein könnte? Zum Beispiel Wesley Thurgood?«

»Das würde mich doch sehr wundern.« Bob hatte einen Stapel Zeitungen durchgeblättert, die auf dem Couchtisch lagen. »Aber wenn es dich beruhigt, können wir ja nachforschen.«

»Wie denn?« wollte Allie wissen.

»In der Lokalzeitung«, sagte Bob. Er hielt ein kleinformatiges Zeitungsblatt hoch. »Das ist die ›Twin Lakes Gazette‹. Sie berichtet ausnahmslos über alles, was sich am Ort zuträgt, auch darüber, wer gerade Besuch hat und woher der Besuch kommt. Wenn wir uns das Archiv vornehmen, könnten wir in den alten Ausgaben einen Hinweis darauf finden, was diesen Kriminellen namens Gilbert Morgan nach Twin Lakes geführt hat.«

»Großartige Idee!« rief Allie. »Los, kommt! Ich kenne den Herausgeber – er war zu einem Interview bei mir, als ich herkam. Ich werde ihn irgendwie festnageln, und ihr könnt dann inzwischen das Archiv durchforschen.«

»Glaubst du, daß uns dein Onkel aus dem Haus läßt?« fragte Peter.

»Freilich läßt er uns gehen«, erklärte Allie. »Nur der Mine dürfen wir nicht zu nahe kommen!«

Dem Toten auf der Spur

Onkel Harry schlug es Allie und den Jungen rundweg ab, an diesem Nachmittag die Ranch zu verlassen. Statt dessen schickte er sie bis zum Abendessen zum Bäumeschneiden los. Allie schmollte noch stundenlang.

Doch am nächsten Morgen war Onkel Harry nachgiebiger gestimmt. Als Allie ihm sagte, sie wolle mit den drei Jungen in die Stadt gehen, meinte er nur: »Bleibt aber nicht den ganzen Tag weg.«

»Das würden wir nicht schaffen«, stellte Allie fest. »So viel Interessantes gibt es in Twin Lakes nun auch wieder nicht!«

Allie und die Jungen machten sich zu Fuß auf den eineinhalb Kilometer langen Weg, die staubige Landstraße entlang. Sie begegneten mehreren Wagen, die langsam zu Thurgoods Gelände hinauffuhren. Einer hielt an, als er auf ihrer Höhe war, und ein Mann lehnte sich heraus.

»Ist das die Straße zur ›Todesfalle‹?« rief der Mann.

»Ja, genau«, sagte Allie.

»Gut!« Der Mann wollte gerade wieder starten, hielt aber jäh inne. »Ihr seid doch nicht etwa die Kinder, die den Toten gefunden haben, oder?« fragte er.

»Komm, Allie, gehen wir.« Bob nahm das Mädchen beim Arm und wollte sie mit sich ziehen.

»He, wartet mal eben!« Der Mann stieg aus dem Auto, eine Kamera in der Hand. »Ich möchte nur ein Foto von euch machen, genehmigt?«

»Nein, nicht genehmigt«, sagte Peter.

Die Jungen und Allie gingen weiter, so schnell sie konnten, vermieden es aber, zu rennen. Wieder kam ein Auto an ihnen vorüber, und sie sahen neugierige Blicke auf sich gerichtet.

»Ist wohl nicht anders zu erwarten«, sagte Justus. »Die ›Todesfalle‹ war *die* Sensation in den Fernsehnachrichten gestern abend, und die Leute sind nun mal neugierig.«

»Aber laß dich nicht zu einem Foto überreden«, warnte Peter Allie. »Ich hab' das Gefühl, dein Onkel würde das gar nicht gern sehen.«

»Weiß ich selber«, sagte Allie.

Auf der Hauptstraße in der Stadt herrschte reges Treiben. Autos fuhren langsam vorbei, und daraus beäugten Schaulustige die Gehwege. Eine kleine Gruppe Männer und Frauen stand dicht gedrängt vor dem Gerichtsgebäude, wo Sheriff Tait mit gerötetem, erschöpftem Gesicht und aufgeregten Gesten zu ihnen sprach.

»Reporter, die's ganz genau wissen wollen«, sagte Bob.

Die Redaktion der »Twin Lakes Gazette« war in einem ehemaligen Ladengeschäft untergebracht. Zur Straße hinaus hatte das Büro ein großes Glasfenster, und im Innern standen zwei zerkratzte und abgestoßene Schreibtische. Auf dem einen häuften sich Blätter, Zettel und Zeitungen aus anderen Gegenden des Westens. An dem anderen Schreibtisch saß ein spindeldürrer Mann mit spärlichem, rotem Haar und scharfen Gesichtszügen. Er sah schrecklich aufgeregt aus, und er hämmerte wild auf einer Schreibmaschine herum.

»Allie!« rief er, als das Mädchen durch die Tür trat. »Du kommst wie gerufen! Hab' mich eben mit Ben Tait unterhalten, und er sagte mir, du hättest oben in der Mine die Leiche gefunden.«

Allie grinste. »Mr. Kingsley, vorläufig sind Sie der einzige, der das gern hört. Mr. Thurgood möchte mir am liebsten den Hals umdrehen, Sheriff Tait will mich ins Kittchen stekken, wenn ich jemals wieder zu der Mine hingehe, und Onkel Harry hat eine solche Wut auf mich...«

»Ich weiß. Das legt sich alles wieder, nur keine Sorge. Aber von Minen bleibst du künftig doch besser weg. Wäre schlimm, wenn ich deinen Nachruf schreiben müßte.« Der Mann sah die drei ??? aus zusammengekniffenen Augen an. »Wohl deine Freunde aus Los Angeles?«

»Mr. Kingsley, das ist Justus Jonas«, sagte Allie. »Der drüben an der Tür ist Peter Shaw, und Bob Andrews ist der Junge mit der Brille – sein Vater arbeitet bei der ›Los Angeles Times‹.«

»Hoppla«, sagte Kingsley. »Das ist wenigstens eine Zeitung!«

»Ja, Sir«, bestätigte Bob. Er trat verstohlen auf eine Trennwand zu, die das Büro von einem sehr großen, dämmrigen Raum hinten im Gebäude abteilte. Dort konnte er eine kleine Rotationspresse und eine Linotype Setz- und Zeilengießmaschine sehen. Es roch nach Druckerschwärze und Staub und nach Vergangenheit.

»Möchtest du dich mal umsehen?« fragte Kingsley.

»Ja, sehr gern«, sagte Bob. »Zeitungmachen interessiert mich. Arbeiten Sie selber an der Linotype?«

»Ich mach' alles«, erklärte ihm Kingsley. »Es ist ja meistens nicht so sehr viel. Nur diese Woche ist es anders. Diese Woche haben wir eine Sensation. So, Allie, nun setz dich mal hin und erzähl mir, wie das war, als du in den Schacht hinuntergeschaut und die Leiche gesehen hast. Ihr Jungen könnt euch ungeniert umsehen. Ihr könnt da hinten Licht machen. Seht euch die Presse an, wenn's euch interessiert.«

Die drei ??? gingen an der Trennwand vorbei nach hinten. Justus griff an einen Schalter, und Leuchtröhren an der Decke erfüllten den Raum mit grellem Licht. Bob zeigte auf Regale an einer Wand. Da standen Registraturkästen in Reih und Glied, und jeder war mit Jahreszahlen gekennzeichnet.

»Das muß das Archiv sein«, sagte Bob.

»Wir brauchen die Nummern von vor fünf Jahren«, murmelte Justus.

Bob nickte, und die drei Jungen machten sich daran, die Kästen aus den Regalen zu ziehen. Die Zeitungen für das Jahr, in dem die Mine abgesperrt worden war, nahmen sechs Kästen ein.

»Wir gehen jede einzelne Ausgabe durch«, sagte Justus. »Bloß die Schlagzeilen überfliegen. Wir dürfen uns nichts entgehen lassen, das uns einen Fingerzeig liefern könnte.«

Die drei setzten sich auf den Fußboden, und jeder öffnete einen Kasten, holte Stapel von Zeitungen heraus und begann sie durchzublättern. Sie konnten vorn im Büro Allie hören, die Kingsley mit klarer und erregter Stimme schilderte, was ihm zweifellos schon bekannt war – daß es zugleich fesselnd und beängstigend war, einen Toten zu entdecken.
Die alten Zeitungen waren zunächst eine Enttäuschung. Da wurde von zwei kleinen Bränden in der Stadt berichtet und davon, daß fürs Polizeirevier ein neuer Dienstwagen angeschafft worden war. Es gab Artikel über Gäste, die für ein paar Tage zu Verwandtenbesuchen nach Twin Lakes gekommen waren. Und es gab nichts, das auf Gilbert Morgan hindeutete. Doch als Justus die Ausgabe für die Woche nach dem 29. April durchsah, sagte er plötzlich: »Da könnte etwas sein.«
»Was denn?« fragte Bob.
Justus antwortete nicht gleich; er las erst den kurzen Artikel durch. Dann blickte er auf. »Ein fünfjähriges Mädchen hatte sich von ihrem Elternhaus am Stadtrand entfernt und wurde drei Stunden lang vermißt. Sie wurde von einem Suchtrupp in der Mine, in der ›Todesfalle‹, gefunden. Offenbar war der Eingang schon mit Planken verbarrikadiert gewesen, aber im Lauf der Jahre hatten Rowdies und Neugierige einige dieser alten Planken abgerissen. So geriet das kleine Mädchen in die Mine und schlief dort ein. Ihre Eltern wollten dann eine Stiftung ins Leben rufen, um mit Hilfe von Geldspenden die Mine sicher zu schließen. Sie sagten, ihre Tochter hätte ums Leben kommen können, wenn sie weiter in die Mine vorgedrungen wäre – und das hätte zweifellos passieren können.«
Justus sah sich um. »Wo ist die Ausgabe vom sechsten Mai?«
»Hier.« Bob hielt eine Zeitung hoch, worin er gelesen hatte. »Hier steht auf der Titelseite etwas über die Mine. Der Eigentümer des Supermarkts von Twin Lakes stellte eine große leere Wasserkaraffe neben seiner Registrierkasse auf und forderte die Bürger zu Spenden auf, damit die Mine abgeriegelt werden konnte. Schon nach zwei Tagen hatte sich genügend Geld

für ein stabiles Eisengitter angesammelt. Das Gitter wurde in Lordsburg bestellt, und die Mine sollte am vierzehnten Mai abgesperrt werden.«

In der Zeitung vom dreizehnten Mai wurde noch weiter über die geplante Absperrung der Mine berichtet, und in der Nummer vom zwanzigsten Mai erschien dann ein Bericht über die einfache Sicherheitsmaßnahme, die für die kleine Stadt zum höchst aufregenden Ereignis geworden war. Vor dem Anbringen des Gitters fand eine Parade statt, und das Einbetonieren des Gitters wurde zum Festakt hochstilisiert.

»Die haben da aber viel Wind darum gemacht«, stellte Peter fest.

»Du weißt doch, was Mr. Kingsley gesagt hat«, erinnerte ihn Bob. »Hier passiert so selten etwas. Da ist es schon ein Ereignis, wenn eine Mine zugemacht wird.«

Er blätterte in der Zeitung und schaute sich die Fotos der Bevölkerung von Twin Lakes an, wie sie im Festzug durch die Hauptstraße des Orts marschierte. Plötzlich sagte er: »Aha! Da ist noch was. Auf Seite vier. Als die Leute zur Mine kamen, um das Gitter anzubringen, entdeckten sie auf dem Minengrundstück ein abgestelltes Auto. Es war ein großer Chevrolet, und es handelte sich um einen Wagen, der drei Tage zuvor vom Parkplatz eines Supermarkts in Lordsburg gestohlen worden war. Eine Aussage von Sheriff Tait wird in dem Artikel zitiert. Nach seiner Vermutung war der Wagen von halbwüchsigen Jungen aus Twin Lakes zur Heimfahrt aus Lordsburg gekapert worden. Er sagte dazu, wenn er solche Jungen beim Autoklauen erwische, würde er sie ohne Rücksicht einsperren.«

Bob sah auf. Justus zupfte an seiner Unterlippe, wie er es oft tat, wenn er angestrengt überlegte.

»Ein in Lordsburg gestohlenes Auto, das man am Tag, als die Mine abgesperrt werden sollte, in der Nähe gefunden hat«, sagte er. »Und jetzt war im Innern der Mine ein vorbestrafter Krimineller, der untergetaucht war. Ich finde es gar nicht so abwegig, wenn wir annehmen, daß der Wagen von dem nun aufgefundenen Toten gestohlen worden war. Er fuhr damit nach Twin Lakes und ließ ihn bei der Mine stehen. Dann ging er aus irgendeinem Grund in die Mine und... und kam nicht wieder heraus.«

»Schön«, sagte Peter, »aber das bringt uns kein bißchen weiter, außer daß sich vermuten läßt, daß der Mann aus San Francisco kam und nach Lordsburg ging und dann von dort nach Twin Lakes. Aber wozu? Was führte ihn hierher?«

Justus zuckte die Achseln.

Bob blätterte weiter in den alten Zeitungen. Es fand sich aber nichts mehr, das auch nur entfernt mit ihrem Fall zu tun hatte. Wesley Thurgood wurde nirgends erwähnt. In einer Ausgabe vom Oktober desselben Jahres wurde über Mrs. Macombers Rückkehr nach Twin Lakes berichtet. Und es erschienen noch zwei weitere Meldungen über ihren Kauf eines Anwesens, das früher zum Gelände der Todesfallen-Mine gehört hatte.

»Wie lange war Gilbert Morgan wohl in Lordsburg, nachdem er San Francisco verlassen hatte?« fragte Justus.

Peter lehnte sich gegen die Linotype. »Wer kann das schon wissen? Er hatte die Bewährungsauflagen mißachtet. Er wäre sofort wieder hinter Gittern gelandet. Und all das ist nun schon fünf Jahre her. Die Spur ist tot.«

»Stimmt«, sagte Justus. »Und es gibt offenbar keinen Grund für seinen Aufenthalt hier. Aber er war hier, in einer Mine, die später von Wesley Thurgood erworben wurde. Kaum anzunehmen, daß Thurgood nichts von der Leiche wußte. Wäre eine Verbindung denkbar zwischen Thurgood, dem erfolgreichen Immobilienmakler, und Morgan, einem Asozialen, einem auf Bewährung entlassenen Sträfling? Wir können vorläufig nur eines tun.«

»Und das wäre?« fragte Peter.

»Wir können versuchen, Morgans Vergangenheit zu erforschen. Wenn er sich überhaupt in Lordsburg aufgehalten hat, dann muß er ja irgendwo gewohnt haben. Ich weiß, daß es nach all dieser Zeit fast hoffnungslos ist, aber wir können versuchen, seine Spur zu finden. Wir können die Zeitungen und das Adreßbuch durchblättern. Es ist das einzige, was wir überhaupt tun können.«

Ich befürworte zwar Justs Initiative und seinen Optimismus, bezweifle aber mit Recht, daß ein polizeilich gesuchter Sträfling sich an seinem illegalen Wohnort bei irgendwelchen Instanzen als neuer Einwohner meldet. Doch Zeitungen durchblättern ist nie verkehrt; das bringt manchmal durchaus wissenswerte Nebenergebnisse.

Da schleicht einer durch die Nacht

Am frühen Nachmittag kehrten Allie und die Jungen zur Farm zurück. Onkel Harry stand auf der Veranda, mit vor Ungeduld gerötetem Gesicht. In der Einfahrt parkten drei Wagen, und mehrere Menschen hatten sich dichtgedrängt vor der Veranda aufgestellt und stritten sich mit Onkel Harry herum.
»Ausgeschlossen, daß meine Nichte dazu etwas aussagt«, sagte Onkel Harry gerade. »Sie ist ein sensibles kleines Mädchen, und sie – steht unter einem viel zu starken Eindruck, nachdem sie...«
Er brach mitten im Satz ab, als er Allie und die Jungen sah. »Allie – schnell, komm rein!« Er sprang von der Veranda, nahm Allie beim Arm und scheuchte sie ins Haus. Justus, Peter und Bob drängten sich hinterher, und als sie drinnen waren, schlug Onkel Harry die Tür hinter ihnen zu.
»Das da draußen sind Reporter, und ich will nicht, daß ihr mit denen redet«, sagte Onkel Harry.

»Wieso denn nicht?« fragte Allie. »Ich kann doch Schlagzeilen machen, oder nicht?«
»Wenn deine Mutter je erfährt, was du angestellt hast, reißt sie mir den Kopf herunter – darum«, sagte Onkel Harry.
»O je – deine Aufregung wegen der Presse kommt zu spät«, sagte Allie. »Gerade habe ich mich mit Mr. Kingsley unterhalten.«
»Das ist etwas anderes«, meinte Onkel Harry. »Da hinten im Osten wird deine Familie höchstwahrscheinlich nicht gerade eine Nummer der ›Twin Lakes Gazette‹ in die Finger kriegen. So, und nun bleibst du bis heute abend im Haus. Und ihr Jungen auch. Und treibt euch morgen nicht zu weit herum, falls die Burschen noch in der Nähe sind.«
»Mr. Osborne«, sagte Justus, »eigentlich wären wir morgen gern nach Lordsburg gefahren.«
»Wozu das?« fragte Onkel Harry.
Justus griff in seine Tasche und zog das Steinchen heraus, das er in der Mine gefunden hatte. »Das wollte ich einem Juwelier zeigen. Es ist ein Steinchen, das ich gestern in der ›Todesfalle‹ gefunden habe.«
Harrison Osborne lächelte. »Du denkst wohl, das sei ein Goldkorn. Da muß ich dich enttäuschen. Gold gibt es hier nicht. Aber Ende der Woche muß ich selber nach Lordsburg. Dann könnt ihr, du und Allie, mitkommen. Und ihr anderen am besten auch. Euch hierzulassen ist mir zu riskant. Da wäre ich dauernd in Sorge, was ihr wieder alles treibt.«
Onkel Harry ging hinaus, um die Reporter abzuwimmeln. Die drei ??? und Allie brachten den Rest des Tages mit Lesen und Monopolyspielen zu. Von Zeit zu Zeit lief Allie hinauf, stellte sich auf den Treppenabsatz vor dem Schlafzimmer der Jungen und schaute zu Wesley Thurgoods Grundstück hinüber. Hochbefriedigt meldete sie schließlich, daß Thurgood mit einem Gewehr auf seinem Gelände Wache hielt und daß der Hund, der sich angesichts der Schaulustigen müde gebellt hatte, ausgestreckt dalag und schlief.

An diesem Abend gingen die Jungen früh auf ihr Zimmer. Vom Fenster aus konnten sie in Thurgoods Haus Licht sehen. Aber noch ehe sie zu Bett gingen, löschte Thurgood das Licht. Und bald gingen auch in Mrs. Macombers Haus auf der anderen Straßenseite die Lichter aus.

»Heute abend sind sicher alle müde«, sagte Peter. E[illegible] ließ sich in sein Bett fallen. »Ich bin's auch, fragt sich nur von was?«

»So eine Art verzögerte Reaktion«, sagte Bob. »Das war schon unheimlich, als wir gestern in der Mine den Kerl vor uns hatten. Freilich war er ein Verbrecher, aber so ein Ende ist nicht schön.«

»Ich wundere mich immer noch, was er hier trieb«, sagte Justus laut. Die Frage hatte er sich an diesem Tag insgeheim schon oft gestellt. »Vielleicht finden wir in Lordsburg eine Spur von ihm.«

»Willst du den Stein tatsächlich zu einem Juwelier bringen?« fragte Bob.

»Fragen kostet nichts«, sagte Justus. »Und außerdem liefert uns das einen Vorwand, uns abzusetzen, solange wir dort sind. Onkel Harry ist ja ganz dagegen, daß wir uns noch länger mit dem Toten beschäftigen – aber er beschäftigt uns nun mal!«

»Gilt nicht für Allie«, sagte Bob, als er das Licht ausknipste. »Die beschäftigt sich nur mit Wesley Thurgood. Aber ich glaube nicht, daß wir einen Zusammenhang zwischen Thurgood und dem Verbrecher finden werden.«

»Das mag sein, aber mir läßt es keine Ruhe, daß Thurgood die Leiche nicht selber entdeckt hat«, entgegnete Justus. »Folglich war er überhaupt nicht neugierig darauf, seine eigene Mine zu erkunden, und das ist doch recht sonderbar.«

Die Jungen überkam allmählich der Schlaf, aber jeder dachte noch an den Mann in der Mine, und jeder fragte sich, wie er dorthin gelangt und wie er ums Leben gekommen war.

Zu später Stunde erwachte Peter. Er zog die Brauen zusammen

und horchte gespannt in die Finsternis. Draußen, vor den offenen Fenstern, hatte sich etwas bewegt. Er stützte sich auf einen Ellbogen, und da drang der Laut wieder zu ihm – ein ruckartiges, verklemmtes Ächzen.
»Just!« rief er mit gedämpfter Stimme. »Bob! Horcht mal!«
»Hm?« Bob drehte sich um. »Was ist denn?«
»Da hat gerade einer das Scheunentor aufgemacht.« Peter war inzwischen aufgestanden und trat barfuß ans Fenster. Er lehnte sich über den Sims und schaute hinaus. Bob und Justus kamen dazu.
»Jetzt ist das Tor wieder zu«, sagte Bob.
Dann sahen die Jungen, wie sich im Innern der Scheune ein Lichtschein bewegte und auf den staubigen Seitenfenstern des Gebäudes tanzte. Das Licht flackerte und erlosch, und dann flammte es wieder auf.
»Da zündet jemand laufend Streichhölzer an!« sagte Justus. »Kommt mit.«
In Sekundenschnelle hatten sich die drei ??? Hemden und Jeans übergestreift und Turnschuhe angezogen. Sie schlichen die Treppe hinunter und öffneten geräuschlos die Haustür. Der Mond war untergegangen, als sie auf die Zufahrt traten. Durch die Finsternis tappten sie zur Scheune vor, Justus voran. Sie hatten die Scheune fast erreicht, als Bob auf einen im Wege liegenden Stein trat, sich den Knöchel verrenkte und mit einem mühsam unterdrückten Schrei zu Boden sank.
Das Licht in der Scheune war noch einmal aufgeflackert. Und dann wurde es wieder dunkel.
»Verflixt!« stieß Peter leise hervor.
Bob saß auf der Erde, rieb sich den Knöchel und schaute zur Scheune hinüber. Doch dann stand er auf, und die drei Jungen schlichen weiter auf das alte Gebäude zu. Justus streckte die Hand aus und faßte nach dem Riegel am Tor, der leise klickte.
Plötzlich wurde das Tor aufgestoßen – es traf Justus voll vor die Brust und schleuderte ihn zu Boden. Peter sprang zur

Seite, als eine stämmige Gestalt ins Freie stürzte, an ihnen vorbeihastete und zwischen den Weihnachtsbäumen längs der Zufahrt verschwand.

»Was ist da los?« brüllte es vom Haus her. »Wer ist da draußen?«

Justus rappelte sich hoch. »Da hat sich einer in der Scheune herumgedrückt«, rief er.

»Das hat noch gefehlt!« sagte Onkel Harry. »Ich werde den Sheriff anrufen.«

Peter zeigte auf Thurgoods Gelände. »Da ist er rübergegangen.«

Die Jungen horchten, aber es kam kein Laut mehr. Die Felder mit den Jungpflanzen lagen stumm und dunkel da. »Weit kann er aber nicht sein«, sagte Justus.

Peter schluckte und trat langsam zwischen die Bäume. Er horchte angespannt auf irgendwelche Geräusche und gab acht, ob sich in den Feldern etwas bewegte. Ein paar Minuten lang spürte er Bob und Justus hinter sich. Dann bog Justus lautlos nach links ab, und Bob schlich sich nach rechts davon. Peter tappte allein vorwärts, achtsam Schritt für Schritt und auf der Hut vor den tief angesetzten Ästen, in denen er sich mit den Beinen hätte verfangen können.

Dann blieb Peter jäh stehen. Er hörte das Blut in seinen Ohren rauschen, und er hörte noch etwas anderes – einen keuchenden, ächzenden Ton, das Geräusch mühsamer Atemzüge. Da war jemand ganz in seiner Nähe und rang nach Luft, als sei er eine lange Strecke gelaufen.

Peter stand starr und horchte, und das rauhe Atmen ging weiter. Der Unbekannte schien nur wenige Schritte von Peter entfernt zu sein, direkt hinter einem Baum, den Peter mit den Händen berühren konnte. Peter öffnete den Mund, um Justus und Bob zu rufen, doch dann zögerte er. Sein Rufen würde den Herumtreiber nur wieder verscheuchen.

Als Peter dann auf der Straße von der Stadt her einen Wagen hörte, grinste er sich eins. Das war sicher der Sheriff, auf

Onkel Harrys Anruf hin, und damit hatte Peter den Eindringling in der Falle.
Aber als der Wagen am Tor einbog und die Scheinwerfer über die Felder schweiften, sprang der Unbekannte aus dem Schutz eines buschigen Baums hervor. Peter setzte ihm nach. Doch dann sah er gegen den Nachthimmel einen erhobenen Arm – und noch etwas, so daß er sich zu Boden warf. Als er niederstürzte, blitzte eine mörderische Klinge durch die Luft und hieb den Wipfel eines Bäumchens ab! Und dann war der Fremde auf und davon. Unter Keuchen und Stolpern brach er quer durch die Pflanzung.
Zitternd erhob sich Peter auf die Knie.
Da war plötzlich Justus hinter ihm.
»Eine Machete!« sagte Peter. »Der hatte eine Machete! Und ums Haar hätte er mir den Kopf abgehauen!«

Die Erde grollt

Sheriff Tait hatte seinen Hilfssheriff mitgebracht – einen jungen Mann namens Blythe. Als die beiden Männer von dem Einbrecher in der Scheune und von seinem unbeherrschten Angriff mit der Machete hörten, nahmen sie starke Handlampen und liefen querfeldein los. Die Spur des Flüchtigen nahmen sie bei dem Baum auf, wo Peter gestanden hatte. Von diesem Baum führten Fußabdrücke weg, und der Sheriff ging ihnen nach, bis sie sich unter vielen anderen auf der Straße neben Thurgoods Gelände verloren.
Die Jungen und Allie schauten von den Fenstern im Obergeschoß des Ranchhauses zu. Der Sheriff und sein Helfer setzten die Fahndung fort. Sie weckten Thurgood und traten in sein Haus, während sein Wachhund wütend bellte. Dann gingen

sie in die Mine. Mrs. Macomber war auf, bei ihr brannte Licht. Die Männer gingen auch in ihr Haus und dann noch in jedes der leerstehenden Häuser, die ihr gehörten. Mehr als eine Stunde später kehrten sie zum Ranchhaus zurück. »Wer das auch war«, sagte der Sheriff zu Onkel Harry, »er muß den Berg hinaufgegangen sein. Und da oben finden wir ihn im Dunkeln nie. Hätte wohl auch wenig Sinn. Wahrscheinlich war das so ein Verrückter, wie sie in letzter Zeit aus Lordsburg oder Silver City kommen, seit das mit der Leiche in der Mine bekannt wurde. Solche Spinner tauchen überall dort auf, wo etwas Ungewöhnliches passiert. Aber er hätte nicht den Kopf verlieren und die Machete mitnehmen dürfen.« Sheriff Tait und Hilfssheriff Blythe fuhren zur Stadt zurück, und Onkel Harry sperrte die Haustür zu und schloß alle Fenster im Erdgeschoß.

Morgens wurden die Jungen durch schallendes Gelächter von unten geweckt. Sie gingen hinunter und fanden Allie auf einem Hocker in der Küche. Sie hatte sicherlich ihren Spaß daran, wie Mrs. Macomber am Tisch saß, Kaffee trank und sich sehr lebhaft mit Magdalena unterhielt. Ihrem sonnengebräunten Gesicht war die Erregung anzumerken.

»Tut mir leid, wenn wir Sie gestern nacht gestört haben«, sagte Justus, als die drei ??? vorgestellt worden waren.

»Macht nichts.« Mrs. Macomber lachte. »Es hat mich an früher erinnert. Vor fünfundvierzig Jahren ging's rund hier in Twin Lakes! Jeden Samstag abend mußte der Sheriff Schlägereien schlichten.«

»Wo wir gerade von früher reden«, sagte Allie, »kennen Sie auch noch Wesley Thurgood?«

Mrs. Macomber lachte. »Wie sollte ich nicht? Ich seh' ihn ja jeden Tag.«

»Nein«, sagte Allie, »ich meine, ob Sie sich an ihn erinnern, als kleiner Junge? Er sagt doch, er sei hier geboren.«

»Stimmt ja auch«, erwiderte Mrs. Macomber. »Seine Familie wohnte in dem kleinen Haus unten beim Gericht, und sein

Vater war Obersteiger bei der Nachtschicht. Er war Bergmann mit Leib und Seele. Wesley war das letzte Kind, das hier in der Stadt zur Welt kam, ehe ich wegzog. Das war schon das Ende der guten alten Zeit, und die Leute zogen allmählich fort. Wesley war noch ein Krabbelkind, als die Mine geschlossen wurde und er mit seiner Familie umsiedelte. Ich nehme mir immer wieder vor, ihn nach seinen Eltern zu fragen – was sie so machten, nachdem sie aus Twin Lakes weggingen –, aber es ergibt sich einfach nicht. Er hat es immer so eilig und fährt in diesem komischen roten Geländewagen durch die Gegend und besorgt irgendwelches Zeug und hält sich bei der Mine auf. Heute früh war er schon im Morgengrauen draußen. Ich hab' ihn herumlaufen sehen mit seinem lächerlichen Schutzhelm – den braucht er nun wirklich so nötig wie ich einen neuen Kopf.«

Da hörten die in der Küche Versammelten auf der Straße einen Wagen vorüberfahren. Allie lief hinauf zum Fenster am Treppenabsatz. Gleich darauf war sie zurück und meldete, Thurgood sei wieder da und hätte zwei Männer mitgebracht. »Sie sahen aus wie Mexikaner«, berichtete sie. »Was hat er bloß wieder vor?«

»Warum fragst du ihn nicht selber?« ermutigte sie Mrs. Macomber. »Er redet ja nicht mehr mit mir«, sagte Allie. »Und Onkel Harry hat geschworen, er sperrt mich ein, wenn ich Thurgood nochmal belästige.«

»Ach, so schlimm wird's nicht kommen«, sagte Mrs. Macomber. Sie verabschiedete sich und ging zu ihrem Haus auf der anderen Straßenseite zurück.

An den folgenden Tagen wurden die drei ??? mit dem Schneiden auf der größten Pflanzung mit Weihnachtsbäumen fertig und begannen mit der Arbeit auf einem anderen Feld. Allie half mit, aber sie verbrachte auch viel Zeit mit Reiten auf der Koppel neben Wesley Thurgoods Gelände. Sie stellte fest, daß die beiden schwarzhaarigen, dunkelhäutigen Arbeiter offenbar in dem großen Gebäude wohnten, das früher das Hüt-

tenwerk gewesen war. An einem kleinen Holzschuppen neben dem Mineneingang war ein neues Vorhängeschloß angebracht worden.
Thurgood fuhr immer wieder zu seinen geheimnisvollen Besorgungen weg. Am zweiten Tag nach der Ankunft der Arbeiter brachte ein Lastwagen Zementsäcke, Dutzende stählerner Zaunpfosten und große Rollen Drahtgeflecht. Unter Thurgoods Anleitung machten sich die beiden Männer daran, einen mehr als zwei Meter hohen Zaun um Thurgoods Grundstück zu ziehen.
»Der macht sich ja ungeheure Mühe damit, eine wertlose Mine abzusichern«, sagte Allie beim Mittagessen an dem Tag, als die Männer mit der Arbeit am Zaun begonnen hatten. »Wen kümmert denn die Mine noch?«
»Dich zum Beispiel«, sagte ihr Onkel. »Du würdest für dein Leben gern da hineingehen, und das weiß er. Und dann all die Verrückten, die in Scharen ankamen, als die Leiche gefunden worden war. Ich kann gut verstehen, daß er sein Gelände einzäunt. Wenn sich die Leute so sehr für Weihnachtsbäume interessierten wie für Silbergruben, würde ich meine Pflanzungen auch einzäunen.«
Nach dem Essen ging Onkel Harry weg, um auf dem Feld neben der Straße Unkrautvertilgungsmittel zu sprühen. Justus lehnte sich auf seinem Stuhl zurück und runzelte die Stirn. »Für Weihnachtsbäume interessiert sich tatsächlich kein Mensch«, sagte er. »Weshalb trieb sich dann also gestern nacht ein Fremder in der Scheune herum? Was gibt es schon in dieser Scheune – da kräht doch kein Hahn danach!«
Die anderen wußten darauf nichts zu antworten. Als der Tisch abgeräumt war, machten sie sich alle zur Scheune auf, um sich noch einmal umzusehen.
»Nichts«, sagte Peter. »Ein Haufen Heu für die Pferde, ein paar Werkzeuge und Gummischläuche, und ein altes Auto, das nicht mehr fährt.«

Dieses Modell hat zwar unter Oldtimer-Kennern Seltenheitswert, aber es ist doch ein allzu unhandliches und unförmiges Objekt für eine Nacht-und-Nebel-Mitnahme-Aktion, meint ihr nicht?
Es sei denn, der Interessent wollte es gewissermaßen ausschlachten – vielleicht hat er Bedarf für ein T-Modell-Ersatzteil ...

»Vielleicht wollte sich der Eindringling nur eine Machete holen«, sagte Allie.
»Unheimliche Vorstellung«, meinte Bob. »Eine Machete ist eine furchtbare Waffe. Und wenn jemand eine Waffe brauchte, wieso gerade eine Machete? Ein Gewehr wäre besser, und in dieser Gegend haben bestimmt viele Leute eines.«
Sie kamen gerade aus der Scheune, als Thurgoods roter Geländewagen durchs Tor fuhr. Thurgood steuerte die Mine an. Auf dem Beifahrersitz saß ein Mann – ein würdig aussehender Herr in leichtem Sommeranzug und mit weißem Hut. Allie und die Jungen sausten ins Haus und zum Treppenabsatz hinauf, wo sie Thurgoods Gelände und seinen Besucher besser beobachten konnten.
Die beiden Arbeiter waren zur Zeit nicht am Zaun beschäftigt. Statt dessen sahen die Zuschauer einen von ihnen aus der Mine heraustreten. Starr und unbewegt blickte er geradeaus, und er stieß einen mit Geröll und Steinen beladenen Schubkarren vor sich her. Nun war er auf gleicher Höhe mit Thurgood und seinem Begleiter, und Thurgood hielt ihn an, nahm eine Handvoll Erde aus dem Schubkarren und zeigte sie seinem Gast. Dann sprach er mit dem Arbeiter, der daraufhin mit dem Schubkarren weiterging, diesen eine aus zwei dicken Bohlen gelegte Rampe hinaufschob und durch eine offene Tür seitlich an dem großen Werksgebäude verschwand. Thurgood und der Besucher traten in die Mine.
Eine Minute später hörten Allie und die Jungen den Knall

einer gedämpften Explosion. Der Nachhall grollte noch ein paar Sekunden lang und erstarb dann.

»Er schießt wieder!« rief Allie.

»Das hörte sich aber nicht wie ein Schuß an«, sagte Justus. »Es klang gewaltiger. Sprengstoff!«

Gegenüber trat Mrs. Macomber auf ihre Veranda hinaus und schaute zur Mine hin.

Thurgood und sein Begleiter erschienen im Mineneingang. Mit ihnen kam der zweite Arbeiter heraus. Auch er trottete ins Werksgebäude, einen beladenen Schubkarren vor sich herschiebend. Thurgood und sein Gast blieben ein paar Minuten lang im Gespräch auf dem Hof stehen. Dann stiegen sie in den roten Geländewagen, und Thurgood fuhr weg. Mrs. Macomber, die noch auf ihrer Veranda stand, beachtete er gar nicht. Als er fort war, kam sie über die Straße zu Onkel Harrys Zufahrt, wobei sie ungeduldig am Verschluß eines breiten indianischen Armbands herumnestelte.

Die drei ??? und Allie gingen hinunter und trafen an der Haustür mit Mrs. Macomber zusammen. »Was sagt ihr dazu?« rief sie. »Wesley Thurgood hat die Mine in Betrieb genommen!«

Magdalena kam aus der Küche. »Aber nein, Señora Macomber!« widersprach sie. »In dieser Mine gibt es nichts. Sie haben das selbst gesagt. All das Silber ist weg.«

»Aber trotzdem macht er sich dort zu schaffen«, wiederholte Mrs. Macomber beharrlich. »Er macht Sprengungen. Habt ihr es nicht gehört? Das Geräusch kenne ich nur zu gut. Ich hab' das viel zu oft gehört.«

»Er zieht eine Schau ab«, sagte Peter. »Oder vielleicht will er aus der Mine eine Touristen-Attraktion machen. Sie wissen doch, wie die Leute, die alte Geisterstädte kaufen und sie wieder herrichten!«

Mrs. Macomber sah erregt aus. »Er wird uns hier alles kaputtmachen! Touristen – das bedeutet Verkehrschaos und Abfall überall und ...«

»Na, immerhin ist es sein Grundstück«, sagte Allie in perfekter Nachahmung des Tonfalls ihres Onkels.
Mrs. Macomber gab einen unwilligen Laut von sich und ging hinaus. Justus wippte auf den Zehenspitzen und überdachte die Lage. »Ich bezweifle, daß Wesley Thurgood die Mine für Touristen öffnen will«, äußerte er. »Twin Lakes liegt zu weit ab vom Durchgangsverkehr.«
»Was treibt er dann?« wollte Peter wissen.
Justus lächelte. »Wir könnten ja mal versuchen, seine mexikanischenArbeiter zu fragen«, sagte er. »Thurgood und der Besucher sind weg. Gehen wir hin und hören wir uns an, was die Männer zu sagen haben.«
Ein paar Minuten später standen die drei ??? und Allie am Zaun, der Thurgoods Gelände umgab, und riefen zu den beiden Männern hinüber. Erst versuchten sie es mit Englisch, erhielten aber keine Antwort. Dann riefen sie probeweise ein paar Worte Spanisch, aber auch darauf kam keine Reaktion. Die beiden Mexikaner beäugten sie nur mißtrauisch.
Enttäuscht kehrten sie zum Haus zurück. Nun wollten sie Magdalena um Beistand angehen.
»Sie sprechen Ihre Sprache, Magdalena«, sagte Peter. »Zu Ihnen werden sie Vertrauen haben, meinen Sie nicht?«
Magdalena ging bereitwillig zu Thurgoods Gelände, aber bald kam sie zurück und hatte ebenfalls einen Mißerfolg zu vermelden. Die Männer hatten sie gar nicht beachtet. Ehe der Hund sie gesehen und angebellt hatte, war sie nahe genug herangekommen, um ihre leise Unterhaltung zu belauschen. Sie hatte aber nur ein einziges Wort aufgeschnappt: *oro*.
»Oro?« wiederholte Justus. »Das heißt Gold! Wäre es denkbar, daß Thurgood in der Mine Gold sucht?«
»Aber es ist doch eine Silbermine!« widersprach Magdalena.
»Gold und Silber finden sich oft nahe beisammen«, sagte Justus. Er holte den kleinen Stein mit dem seltsamen glänzenden Äderchen heraus. »Allie, wann wollte dein Onkel nach Lordsburg fahren?«

»Morgen«, sagte Allie.
»Dann fahren wir mit. Wir müssen in Erfahrung bringen, was in diesem Stein steckt.«

Glimmer oder Gold?

Onkel Harry parkte seinen Kombiwagen vor der Expressgutabfertigung in Lordsburg. »Ich habe drei Paletten Jungpflanzen aus San José bestellt«, sagte er. »Wenn ich die eingeladen habe, muß ich noch zur Baustoffhandlung gehen und einiges besorgen. Wir treffen uns hier wieder um eins, und dann essen wir irgendwo und fahren zur Ranch zurück.«
»Ich geh mit Just, Peter und Bob«, verkündete Allie.
»Na schön. Aber macht mir keinen Unsinn«, sagte Onkel Harry. »Allerdings frage ich mich, warum ich mich eigentlich sorge. Hier gibt's ja keine Mine, in der ihr landen könntet.« Er ging zur Expressgutabfertigung.
»So, und was kommt jetzt zuerst?« fragte Allie begierig.
»Wir lassen Justs Stein untersuchen, nicht?« sagte Peter. »Das dauert nicht lang. Sollen wir dem Juwelier sagen, wo wir ihn gefunden haben, wenn wir ihn herzeigen?«
»Lieber nicht«, meinte Justus. »Wir wollen nicht noch mehr Schnüffler in der Gegend, und wenn die Ader hier im Stein Gold ist, lockt das die Leute scharenweise an. Überlaßt das nur mir. Ich werd' mir schon was einfallen lassen.«
Zwei Straßen weiter entdeckten sie einen kleinen Laden mit Uhren und Schmuck im Schaufenster. Auf einem Schild war zu lesen, daß der Inhaber, J.B. Atkinson, Altgold und Altsilber aufkaufte. »Genau das Richtige für uns.« Justus Jonas öffnete die Ladentür, und sie traten ein.
Ein behäbiger Mann mit rosigem Gesicht saß hinter einer

gläsernen Trennscheibe auf einem Hocker. Er hatte sich ein Vergrößerungsglas ins Auge geklemmt und reparierte eine Uhr. Sie sahen eine Vitrine mit ein paar getragenen, aber sehr schönen silbernen Schmuckstücken und mehreren hübschen alten Broschen und Ringen aus Gold.

»Mr. Atkinson?« fragte Justus.

Der Mann hinter der Glasscheibe legte einen winzigen Schraubenzieher aus der Hand, nahm das Glas aus dem Auge und lächelte.

Justus holte seinen Stein hervor. »Wir sind zu Besuch bei Freunden in der Nähe von Silver City«, sagte er zu dem Mann. »Gestern machten wir eine Bergwanderung, und da trafen wir einen alten Prospektor.«

Atkinson nickte. »Die gibt es immer noch hier in der Gegend.«

»Er sagte, er braucht Geld«, fuhr Justus fort. »Er sagte, das hier hätte er lange Zeit aufbewahrt, aber uns würde er es verkaufen.« Justus zeigte dem Juwelier den Stein.

Atkinson sah sich den Stein an, kniff die Augen zusammen und rieb mit dem Finger darüber. Das Lächeln wich nicht aus seinem Gesicht. »Wieviel hast du dafür bezahlt?« fragte er.

»Fünf Dollar«, sagte Justus.

»Ist das Ding echt?« fragte Allie.

»Zweifellos ist es ein echter Kieselstein«, sagte Atkinson. »Ob das Einsprengsel hier Gold ist oder nicht, das werden wir gleich sehen.« Er öffnete eine Schublade und nahm ein Fläschchen mit einer Flüssigkeit und eine kleine Feile heraus. Mit der Feile ritzte er eine winzige Kerbe in die blanke Ader im Stein, und dann gab er einen Tropfen der Flüssigkeit darauf. »Das ist Salpetersäure«, erklärte er. »Bei fast allen Metallen – außer Gold – erzeugt das eine Reaktion.« Kurz darauf nickte er. »Tja. Ich möchte sagen, da habt ihr Gold.«

»Kommt Gold in der Natur oft in reinem Zustand vor?« fragte Justus.

»Normalerweise ist es mit anderen Metallen legiert«, sagte

der Juwelier. »Das Zeug hier sieht ganz gut aus. Möchte wissen, wo euer Prospektor das her hat.«
»Das hat er nicht verraten«, antwortete Justus.
»Kommt wohl auch nicht darauf an.« Atkinson gab Justus den Stein zurück. »Ich vermute, es stammt aus einer ausgebeuteten Mine, wahrscheinlich in Kalifornien. Für Prospektoren kann es heute noch ganz einträglich sein, in den Flüssen bei den alten Gruben Gold zu waschen.«
Justus steckte den Stein in die Tasche. »Sie sagen, Gold sei normalerweise mit anderen Metallen legiert. Könnte in diesem Gold auch Silber sein?« fragte er.
»Nein. Es ist rötlich, das deutet auf Kupfer hin. Silber verleiht Gold eine grünliche Färbung.« Er öffnete einen seiner Schaukästen und nahm eine Brosche heraus, die sehr alt aussah. Sie war aus Gold mit einem grünlichen Schimmer und wie ein Blatt geformt. »Das nennen wir Grüngold. Es besteht zu etwa fünfundzwanzig Prozent aus Silber, und das bedeutet achtzehnkarätiges Gold. Die kleinen Ringe hier im Kasten sind edler. Es sind Kinderringe. Die kauften die Leute früher als Taufgeschenk. Sie bestehen aus mehr als zwanzigkarätigem Gold, und deshalb sind manche auch ganz dünn vor Abnutzung. Sie sind ganz weich. Hin und wieder verkaufe ich einen – als Liebhaberobjekt. Und das gilt auch für euren Stein mit der Ader. Ein Liebhaberobjekt. Ein Stück vom Goldfieber.«
»Ist es die fünf Dollar wert?« erkundigte sich Peter.
»Ich denke doch«, sagte Atkinson. »Heutzutage bezahlt man für irgendwelchen Plastikschund schon mehr. Bewahrt den Stein gut auf. Wenn ihr das Gold mal zu einer Krawattennadel oder was Derartigem verarbeitet haben wollt, dann kommt nur wieder zu mir.«
Sie bedankten sich bei dem Mann und traten auf die Straße hinaus.
»Also echt!« rief Peter. »In der Mine gibt es Gold!«
»Und auch Kupfer«, sagte Justus nachdenklich. »Nur mit Silber ist das Gold in unserem Stein nicht vermengt. Sonderbar,

denn die ›Todesfalle‹ war ja eine Silbermine. Ich weiß, daß Gold und Silber in derselben Grube vorkommen können, aber Gold und Silber *und* dazu noch Kupfer?«

»Ganz interessant, nicht?« sagte Allie. »Dieser fiese Thurgood hat also eine Goldader gefunden, die kein Mensch dort vermutet hätte. Sein Vater arbeitete ja in der Mine. Vielleicht hatte der etwas entdeckt und es Thurgood erzählt. Und deshalb erfand Thurgood die phantastische Geschichte, wie sehnlich er sich die Rückkehr in seine alte Heimat gewünscht hat, und dann kaufte er die ›Todesfalle‹, und jetzt holt er das Zeug heraus.«

Justus hob die Brauen. »Wenn das stimmt – daß es da eine Familienlegende über eine verborgene Goldader gab –, warum sollte dann Thurgood mit der Rückkehr so lange gewartet haben? Er ist doch mindestens vierzig. Er hätte doch schon in den vergangenen zwanzig Jahren die Mine untersuchen und sie billig haben können. Mag sein, er hatte als junger Mann kein Interesse daran, aber vor ein paar Jahren, als der Goldpreis gestiegen ist, hätte er sich doch dafür interessieren müssen. Warum ist Thurgood damals nicht aufgekreuzt?«

»Wir wissen ja nicht, ob er's nicht doch getan hat«, meinte Allie. »Wenn er nun vor fünf Jahren hier war, als Gilbert Morgan in den Schacht stürzte? Vielleicht waren sie Komplizen. Vielleicht bekamen sie Streit, und Thurgood stieß Morgan runter.«

»Allie, deine Phantasie geht mal wieder mit dir durch!« mahnte Bob. »Weshalb sollte ein so erfolgreicher Immobilienmakler wegen einer alten Mine den Kopf verlieren? Dazu wäre überhaupt kein Grund. Und wenn es da Gold gibt und er das wußte, hätte er keinen Komplizen gebraucht. Niemand hat irgendwelche Fragen gestellt, als er einfach das Gelände hier kaufte, oder? Aber wo wir nun schon von dem Verbrecher reden – sollte wir nicht erst mal versuchen, seine Spur zu finden?«

Bob zog sein Notizbuch heraus und las: »Gilbert Morgan,

vorzeitige Haftentlassung auf Bewährung mißbraucht. Nannte sich auch George Milling, Glenn Mercer und George Martins. Vor fünf Jahren aus San Quentin entlassen und aus San Francisco verschwunden. Abreise aus San Francisco vermutlich Ende Januar oder Anfang Februar. Ankunft in Twin Lakes vermutlich im Laufe des Mai desselben Jahres, mittels eines in Lordsburg gestohlenen Wagens.«

»Gute Zusammenfassung, Meister«, lobte Justus.

»Er benutzte durchweg die Anfangsbuchstaben G.M., bei allen seinen Falschnamen«, sagte Bob. »Das ist alles, worauf wir uns stützen können. Falls er eine Zeitlang in Lordsburg gewesen ist, hat er vielleicht eine Spur hinterlassen. Sollen wir es in der Stadtbücherei versuchen?« fragte er. »Sie haben dort auch alte Telefonbücher, Adreßbücher und die alten Ausgaben der Lokalzeitung.«

Allie zeigte ihnen den Weg zur Bücherei, und dort hörte sich die Bibliothekarin Justs Geschichte an: Er mache gerade Ferien in der Gegend und versuche einen verschollenen Onkel zu finden. »Vor fünf Jahren hat er meiner Mutter eine Postkarte aus Lordsburg geschickt«, sagte Justus. »Wir schrieben ihm, aber die Post kam wieder zurück, weil wir keine genaue Anschrift hatten. Ich habe meiner Mutter versprochen, ich würde versuchen, ihn zu finden.«

Die Bibliothekarin war von Justs ernsthaftem Auftreten beeindruckt und holte Telefonbücher und Adreßbücher der letzten fünf Jahre. Allie und die Jungen setzten sich an einen langen Tisch und fingen mit den fünf Jahre alten Büchern an. »Wir suchen einen Namen mit den Anfangsbuchstaben G.M.«, sagte Justus. »Ein Name, der nur in einem einzigen Adreßbuch oder Telefonbuch auftaucht – dem vor fünf Jahren.«

Es dauerte nicht lange. Nach zehn Minuten hatten sie die Namen von sechzehn Personen mit den Anfangsbuchstaben G.M. mit den Eintragungen in den Büchern der folgenden Jahre verglichen. Alle außer einem waren weiterhin in Lordsburg gemeldet. Der eine noch übrige Name, Gilbert Maynard,

fehlte in mehreren Jahrgängen und tauchte dann im zuletzt erschienenen Telefonbuch erneut auf. »Das muß jemand sein, der fortgezogen und dann wieder hergekommen ist«, sagte Justus. »Er ist wieder unter der alten Anschrift eingetragen.«
»Also kann das nicht unser Mann sein«, sagte Peter. »Na gut. Morgan hat also die Stadt wieder verlassen, ohne das Übliche zu unternehmen – er ließ sich kein Telefon einrichten, nahm keine Arbeit an und ließ sich nicht bei der Meldebehörde registrieren.«
»Er war immerhin nur ein paar Monate hier – wenn er überhaupt so lange blieb«, wandte Bob ein.
»Na, Glück gehabt?« rief die Bibliothekarin herüber.
»Nein. Nein, es sieht nicht so aus, als hätte sich mein Onkel länger hier aufgehalten«, entgegnete Justus. Dann setzte er eine arg verlegene Miene auf. »Onkel Geoffrey war allerdings ein Typ, der ... der unweigerlich Aufsehen erregte. Vielleicht könnte in den Zeitungen aus diesem Jahr ...?«
»Aha, so einer war das, wie?« Die Bibliothekarin schüttelte den Kopf, aber sie wies den Weg zu dem Raum, wo Zeitungen und Zeitschriften archiviert waren, und überließ die Besucher dem Studium der gebundenen Jahrgänge der Lordsburger Tageszeitung. Doch da fand sich nichts – nichts, das auch nur von fern auf den ums Leben gekommenen Geldräuber hindeutete – bis sie zu der Ausgabe vom 10. Mai vor fünf Jahren kamen. »Todesfallen-Mine soll abgeriegelt werden«, las Bob eine Überschrift vor. »Dann ist das in der Zeitung hier in Lordsburg also doch erschienen. Könnte das etwas mit dem Tod unseres Mannes zu tun haben?«
Justus zuckte die Achseln. »Wer weiß? Vielleicht hat er die Geschichte in der Zeitung gelesen und sich aus irgendeinem Grund entschlossen, nach Twin Lakes zu reisen und dort die Mine zu untersuchen. An welchem Tag wurde der Wagen vom Parkplatz des Supermarkts gestohlen?«
Bob zog seine Notizen zu Rate. »Am elften Mai«, sagte er. »Also einen Tag, nachdem in der Zeitung stand, die Mine

solle geschlossen werden, und drei Tage, ehe die Mine tatsächlich gesperrt wurde. Da könnte es schon einen Zusammenhang geben.«

»Aber welchen denn nur?« rief Allie. »Der Gauner sieht den Bericht, daß die Mine gesperrt wird, und plötzlich hat er es so eilig, dorthin zu kommen, daß er einen Wagen klaut und nach Twin Lakes rast, wo er in die Mine läuft, in einen Schacht hinunterstürzt, sich den Hals bricht und die nächsten fünf Jahre verschollen bleibt! Das ergibt doch keinen Sinn. Nehmen wir aber an, daß er und Thurgood sich verabredet hatten ...«

»Allie!« fuhr Peter auf. »Kannst du denn nicht eine Minute von diesem Thurgood loskommen?«

»Wir sind wieder an dem Punkt, wo wir angefangen haben«, sagte Bob. »Wir wissen, daß Gilbert Morgan möglicherweise in Lordsburg war und daß er vielleicht ein Auto gestohlen hat und damit nach Twin Lakes gefahren ist, aber beweisen können wir das nicht. Es sah lange Zeit danach aus, aber jetzt können wir die Sache vergessen.«

»Der Vormittag ist trotzdem nicht ganz verloren«, sagte Justus. »Eines wissen wir nämlich sicher.« Er holte seinen Stein hervor. »Wir wissen, daß an dem Tag, als Morgans Leiche entdeckt wurde, in der ›Todesfalle‹ Gold war – zumindest das hier. Ich bin mir nicht klar darüber, was das bedeutet, aber ich bin sicher, daß es etwas zu bedeuten hat!«

Erinnert euch bitte – Gold und Silber und dazu noch Kupfer ... Das ist allerdings etwas unwahrscheinlich. Wenn ihr mir's nicht glaubt, könnt ihr in der Fachliteratur nachschlagen. Seltsam, seltsam ...

Mundraub

Es war Nachmittag geworden, als sie wieder bei den Weihnachtsbaum-Plantagen ankamen. Die Jungen gingen Onkel Harry beim Entladen des Kombiwagens zur Hand. Sie setzten die Kästen mit den kleinen Schößlingen bei der Scheune auf den Boden und wässerten sie mit dem Schlauch. Als Onkel Harry ins Haus ging, sah Justus zu Mrs. Macombers Anwesen hinüber.

»Ich glaube fast, eure Nachbarin weiß mehr über die ›Todesfalle‹ als sonst jemand hier am Ort«, sagte Justus.

»Mrs. Macomber? Aber klar«, sagte Allie.

»Statten wir ihr doch einen Besuch ab«, schlug Justus vor. Die anderen waren nur allzu gern bereit. Sie gingen die Zufahrt entlang, überquerten die Straße und klopften an Mrs. Macombers Haustür. Die Frau rief sie herein. Allie öffnete die Tür, und sie kamen in eine saubere kleine Küche.

»Viel zu tun?« fragte Allie Mrs. Macomber.

Die Frau lächelte, und die Fältchen in ihren Augenwinkeln vertieften sich. »Jetzt gibt es für mich nicht mehr gar so viel zu tun«, sagte sie. »Aber es wäre mir sehr lieb, wenn einer von euch Jungen zu meinem Wagen draußen ginge und den Karton hereinholte, den ich hinten liegen habe. Ich muß meine Einkäufe einräumen, sonst taut das Tiefgefrorene auf.«

»Ich mach' das«, sagte Peter. Mrs. Macombers kleiner Transporter stand auf einer unbefestigten Einfahrt neben dem Haus. Hinten im Wagen stand ein großer Pappkarton, vollgepackt mit braunen Papiertüten. Peter brachte den Karton in die Küche und stellte ihn auf den Tisch. »Dankeschön«, sagte Mrs. Macomber. »Irgendwie schaffe ich das alles nicht mehr so wie früher.« Sie begann Gemüse, Brot und Tiefkühlkost herauszunehmen und auf dem Tisch zu stapeln.

Plötzlich hörte man ein dumpfes Dröhnen. Mrs. Macomber trat ans Fenster. »Wesley Thurgood spielt mal wieder Bergmann«, stellte sie fest. »Ich hatte es schon erwartet. Vor einer halben Stunde ist er mit so einem feinen Pinkel von Besucher hereingefahren.« »Sieht aus, als arbeitet er tatsächlich in seiner Grube«, sagte Justus.

»Wenigstens hört es sich so an«, bestätigte Mrs. Macomber. »Er brennt in der Mine Sprengsätze ab, das steht fest. Ich bin hier geboren und kenne das Geräusch. Ich hab' ja im selben Haus gewohnt, als mein Mann hier Direktor war. Dynamit in einem Minenstollen – da ist keine Täuschung möglich. Aber Thurgood arbeitet nicht regelmäßig in der Mine. Er sprengt nur, wenn er Besuch hat. Zieht vor seinen reichen Freunden aus Los Angeles eine Schau ab, nehme ich an.«

»Recht sonderbarer Zeitvertreib«, meinte Bob.

»Da gibt es noch verrücktere Sachen.« Mrs. Macomber lächelte. »Ich hab' mal von einem Mann gehört, der eine alte Lokomotive kaufte. Er ließ sich dreihundert Meter Schienen auf ein Feld hinter seinem Haus legen, und da ließ er die Lok immer vor und zurück laufen. Und immer, wenn er mit seinem großen Spielzeug spielte, zog er sich eine Lokführeruniform an. Er war wirklich ein Spinner. Wenn man zuviel Geld hat, wird man vielleicht so. Vielleicht hat Wesley Thurgood ein paar verrückte Ideen aus der alten Zeit, als sein Vater hier Bergmann war, und diese Zeit versucht er wieder heraufzubeschwören. Da ist nichts dabei.«

»Wie Sie das sagen – als ob Sie Thurgood in Schutz nehmen«, sagte Allie.

»Hört auf mich und macht die Dinge nicht unbedingt komplizierter, als sie sind«, warnte Mrs. Macomber. »Im Grunde ist es doch so: ihr wollt es Thurgood heimzahlen, weil er euch nicht leiden kann. Ich kann das gut verstehen. Er ist sehr zugeknöpft, und ich bin froh, daß er endlich einen Zaun um sein Gelände gezogen hat. Es hat mir gar nicht behagt, wie der Hund da frei herumlief. Aber andererseits geht es mich gar nichts an, daß er den Mund nicht aufmacht und daß er sich so ein Biest hält.«

Wieder ertönte ein dumpfer Knall aus der Mine.
»Mrs. Macomber«, sagte Justus, »wäre es denkbar, daß Thurgood mit seiner Mine Gewinn erzielen will?«
Die Frau schüttelte den Kopf. »Die ›Todesfalle‹ ist tot, tot, tot. Das Silber war schon vor vierzig Jahren restlos abgebaut, und das müßte ich ja wissen. Mein Mann und ich hatten es sehr schwer, nachdem die Mine geschlossen wurde. Wir mußten hier weg. Glaubt ihr, wir wären gegangen, wenn wir hier auch nur die geringste Chance gesehen hätten? Und dann, nach Henrys Tod – er hatte vor zweiundzwanzig Jahren einen Herzinfarkt – nahm ich das Geld von der Lebensversicherung und machte in Phoenix ein Geschäft auf. Verkaufte indianischen Schmuck und Mokassins an Touristen, aber dann habe ich alles wieder verloren. Ich bin keine Geschäftsfrau. Ich mußte einen Ausverkauf machen, und das Ende vom Lied war, daß ich in dem Laden, der mir einmal gehört hatte, angestellt war und mich den ganzen Tag abrackerte.«
Sie blickte abweisend drein. Plötzlich trat ein wärmerer Ausdruck in ihre Augen. »Und dann wollte ich wieder hierherkommen und mich zur Ruhe setzen«, fuhr sie fort. »Ich wollte an den Ort zurück, wo ich einmal glücklich gewesen war, und ich bin froh, daß ich es getan habe. Vielleicht hat auch Thurgood diesen Wunsch. Ich weiß noch, wie er als kleiner Bub in Twin Lakes herumwackelte, dreckig im Gesicht und mit einem Lutscher. Irgendwas Besonderes war schon damals an dem Kerlchen ... nur kann ich mich nicht erinnern ...«
»Aber die Mine ...« Allie ließ nicht locker.
»Na, die Mine hat Twin Lakes zu dem gemacht, was es einmal war«, sagte Mrs. Macomber. »Aber ich für mein Teil muß sie nicht unbedingt besitzen, um die schönen Erinnerungen wieder zu beleben. Bei Wesley Thurgood ist das vielleicht anders. Vielleicht muß er es genau nachspielen und wirklich ein Bergmann sein, wie es sein Vater war.«
»Und es ist auf keinen Fall denkbar, daß er aus der Mine etwas zutage fördert?« fragte Justus beharrlich.

»Auf keinen Fall. Da gibt's nichts mehr zu holen.«
»Und wenn das Silber alle ist«, sagte Justus, »könnte dann noch Gold da sein? Silber und Gold findet man ja öfter beisammen.«
»Nicht in der ›Todesfalle‹.«
»Und Kupfer?« forschte Justus.
»Nein. Silber hat es hier gegeben, und damit ist Schluß.« Sie schüttelte sich, als wolle sie einen unangenehmen Gedanken loswerden. »Damit ist jetzt endgültig Schluß. Als die Grube im Gang war, da war in Twin Lakes der Wohlstand ausgebrochen, und es ging uns allen hier sehr gut. Und heute gehört mir ein ganzes Stück von dem, was einmal diese reiche Stadt gewesen ist. Falls hier je wieder der Rubel rollt, dann richte ich meine fünf Häuser her und vermiete sie und werde auf meine alten Tage noch reich. Kommt mal mit, ich zeige euch meine bescheidenen Besitztümer.«

Die Hinterbliebene des Bergwerkdirektors sollte sich eigentlich in den ehemaligen, derzeit erschöpften Erzvorkommen der Grube auskennen. Solch soliden Fachkenntnissen etwas hinzuzufügen, hieße ja Eulen nach Athen tragen. Oder Gold in eine Silbermine.

Mrs. Macomber führte Allie und die Jungen ins Freie. »An den Türen wollte ich Vorhängeschlösser anbringen, als ich hierher zog«, sagte sie. »Aber da müßte ich schon eine Spur aus Dollarstücken von der Hauptverkehrsstraße hierher legen, um einen Landstreicher anzulocken – so kam es mir wenigstens vor, bis Allie den toten Mann in der Mine gefunden hatte. Danach kamen ja scharenweise Fremde hierher. Hat man übrigens die gestohlene Machete deines Onkels wiedergefunden, Allie?«
»Nein«, sagte Allie.

»Wahrscheinlich taucht sie irgendwann mal total verrostet im Gelände auf«, sagte Mrs. Macomber. Sie ging zu einem alten Fachwerkbau, der nördlich von ihrem Wohnhaus stand. »Hier wohnten früher die McKestries«, erklärte sie. »Er war Zahlmeister im Bergwerk.«
Mrs. Macomber öffnete die Haustür, und diese gab mit ächzendem Widerstreben nach. Allie und die Jungen folgten ihr ins Haus. Sie sahen Möbel, die seit langem unbenutzt dastanden, rissige Gipsdecken und Schränke mit Türen, die schief in den Angeln hingen und den Blick auf abgesplittertes Geschirr freigaben. »Viele Leute haben ihre Sachen einfach dagelassen«, sagte Mrs. Macomber. »Sie dachten wohl, manches lohnt das Mitnehmen einfach nicht.«
»Da müßten Sie aber viel ausräumen und herrichten, ehe Sie so ein Haus wieder vermieten könnten«, meinte Allie.
»Freilich, das schon. Mit meinem eigenen Haus hatte ich auch eine Menge Arbeit, ehe ich wieder einziehen konnte. Aber es hat Spaß gemacht.«
Während sie auf Mrs. Macombers Gelände von einem Haus zum anderen gingen, mußten sie die von Staub und Moder geschwängerte Luft einatmen. Bei einigen Häusern war das Dach undicht, und die Decken waren voller Stockflecke. In einem Haus war neben einem rostigen Ofen ein Haufen vergilbter Zeitungen gestapelt.
Bob hockte sich hin und blätterte die alten Zeitungen durch. »War das Zeug schon hier drin, als Sie das Haus kauften, Mrs. Macomber?« fragte er. »Ich meine, als Sie vor fünf Jahren wieder herkamen?«
»Ich glaube, ja«, sagte Mrs. Macomber. »Natürlich, anders kann es ja gar nicht sein. Wie hätte das Zeug sonst herkommen sollen?«
»Interessant«, sagte Bob. »Könnte ich es haben?«
»Was willst du denn mit einem Berg alter Zeitungen?« fragte Mrs. Macomber.
»Bob ist richtig verrückt nach Zeitungen!« Allie lachte. »Aber

er hat uns viel dabei geholfen, als wir herauszukriegen suchten, was hier vor fünf Jahren passiert war. Als wir die Leiche in der Mine gefunden hatten, gingen wir zur Redaktion der ›Twin Lakes Gazette‹, weil es uns interessierte, was Gilbert Morgan hier vorhatte. Wir haben auch eine ganze Menge entdeckt, aber –«

Justus warf Allie einen warnenden Blick zu, und Bob fiel ein: »Mein Vater ist bei einer Zeitung. Deshalb interessiere ich mich für alte Zeitungen. Könnte ich die hier mitnehmen?«

Mrs. Macomber war sichtlich verdutzt, sagte dann aber: »Ja, die kannst du haben.«

Bob hob sorgfältig den Stapel Zeitungen auf und klemmte ihn sich unter den Arm, und dann traten sie alle wieder in die späte Nachmittagssonne hinaus.

»Hört mal, hättet ihr Lust auf eine Limonade, oder verdirbt euch das den Appetit aufs Abendessen?« fragte Mrs. Macomber.

»Justus kann überhaupt nichts den Appetit verderben!« Allie lachte.

»Na gut. Ich habe Orangenlimonade da.«

Sie kehrten in Mrs. Macombers hübsches Häuschen zurück, aber weder im Kühlschrank noch im Küchenschrank oder in der Speisekammer fand sich Limonade. »Wie geht denn das zu?« rief Mrs. Macomber. »Ich weiß doch genau, daß ich ein paar Flaschen da hatte. Die hab' ich doch nicht alle selber ausgetrunken.«

Justus mit seinem Scharfblick für Einzelheiten starrte auf die noch auf dem Tisch gestapelten Einkäufe. »Sie hatten auch einen Laib Brot«, sagte er. »Und Thunfisch in Dosen. Das ist alles weg!«

Mrs. Macomber schaute Justus an, als begreife sie nicht ganz. Dann erschrak sie. Sie stürzte auf die Veranda hinaus und spähte die Straße auf und ab, als habe sie den Verdacht, da sei jemand mit ihren Lebensmitteln weggelaufen.

Bob setzte seine Zeitungen ab. Er fischte einen durchnäßten

Zigarettenstummel aus dem blanken Spülbecken und hielt ihn zwischen zwei Fingern hoch. »Mrs. Macomber«, sagte er. »Sie rauchen doch nicht, oder?«

Mrs. Macomber starrte Bobs Fund an.

»Nein, bestimmt nicht«, sagte sie. Sie schien sich vom ersten Schrecken erholt zu haben. »Ich begreife nicht, wieso mich jemand bestehlen sollte«, sagte sie. »Wenn jemand was zu essen haben möchte, braucht er mich doch nur zu fragen!«

»Na, das hat er sich eben geschenkt«, sagte Peter. »Vielleicht ging es ihm um mehr als um etwas Eßbares. Wir sollten lieber das Haus durchsuchen.«

Mrs. Macomber zuckte die Achseln und ging aus der Küche. Zusammen schritten sie durch jedes Zimmer des makellosen kleinen Hauses und schauten auch in alle Einbauschränke. Doch kein Eindringlich lauerte unter einem Möbelstück, und nichts von den vielen Nippsachen und Souvenirs der Besitzerin war angetastet worden.

»Wertsachen habe ich keine«, sagte Mrs. Macomber. »Und es fehlt auch sonst nichts.«

»Ich schlage vor, daß Sie sich doch diese Vorhängeschlösser zulegen, Mrs. Macomber«, sagte Justus. »Und daß Sie Ihr Haus abschließen, wenn Sie weggehen.«

»Aber das tut keiner hier in der Gegend«, widersprach Mrs. Macomber.

»In letzter Zeit waren aber Fremde hier«, brachte Justus in Erinnerung. »Sensationslüsterne, die der Leichenfund in der Mine angelockt hat. Wenn sich einer von ihnen bei Ihnen was zu essen geholt hat – dann kommt er vielleicht wieder!«

Neuer Verdacht

Einige Minuten später überquerten die drei ??? und Allie die Straße und betraten wieder das Gelände von Harrison Osborne. Bob schleppte seinen Packen Zeitungen mit sich.
»Was willst du eigentlich damit?« fragte Peter und wies auf die Zeitungen. »Sind die von großem historischem Interesse, oder was ist?«
»Und warum habt ihr mich denn nicht ausreden lassen bei Mrs. Macomber?« wollte Allie wissen.
Bob drehte den Stapel Zeitungen um, so daß seine Freunde das zuoberst liegende Exemplar sehen konnten. »Es sind meistens Nummern der ›Twin Lakes Gazette‹«, sagte er. »Sie sind über vierzig Jahre alt. Die Leute, die dort in dem Haus wohnten, ehe die Mine geschlossen wurde, haben sie dagelassen. Aber die Zeitung ganz oben drauf, die ist aus Phoenix, und sie ist erst fünf Jahre alt – vom neunten Mai. Schaut euch mal die Überschrift hier an!«
»Hm!« machte Justus. »Da schlage ich vor, daß wir uns an ein ruhiges Plätzchen zurückziehen und den Artikel sorgfältig studieren!«
Die drei ??? und Allie liefen an Onkel Harrys Haus vorüber in die Scheune, wo Bob den Stapel Zeitungen neben dem Ford-Oldtimer niedersetzte. Sie hockten sich auf den Boden, und Bob entfaltete die Zeitung aus Phoenix mit ihrer fetten Schlagzeile

> Überfall auf Geldtransport
> Maskierte Räuber entkommen mit 250000 Dollar!
>
> Heute um 15 Uhr wurde in Phoenix ein gepanzerter Geldtransport der Securities Transport Corporation vor der Spar- und Darle-

henskasse in der North Indian Head Road überfallen und ausgeraubt. Drei maskierte Männer mit abgesägten Schrotflinten zwangen den Fahrer Thomas Serrano und den Wachmann Joseph Ardmore, in den Laderaum des Wagens zu steigen. Nachdem sie Serrano und Ardmore gefesselt und geknebelt hatten, entkamen die Räuber mit einem noch ungenannten Betrag in Wertpapieren und mit Bargeld im Wert von schätzungsweise 250000 Dollar.

Nach einer Zeugenaussage – der Betreffende will anonym bleiben – stiegen die Diebe in einen weißen Chrysler, der in der Nähe des Geldtransporters geparkt war. Sie duckten sich auf den Wagenboden. Eine Frau kam daraufhin aus einem nahegelegenen Papiergeschäft, setzte sich ans Lenkrad des Chrysler und fuhr in nördlicher Richtung los. Eine genaue Beschreibung der Täter war nicht zu erhalten, aber die Frau ist etwa 55 bis 60 Jahre alt, schlank, mit leicht ergrautem Haar und gebräunter Haut. Sie soll etwa 1,75 m groß und mit dunkler Hose und weißem Rollkragenpullover bekleidet gewesen sein. Der Zeuge sagte aus, sie habe eine auffällig große indianische Halskette aus Türkisen und Silber getragen.

Nanu??
Vorsicht – laßt euch Allies vorschnelles Urteil zur Warnung dienen!

»Hoppla!« sagte Peter. »Eine Viertelmillion Dollar haben die kassiert!«

Justus überlegte laut: »Neunter Mai. Die Zeitung ist fünf Jahre alt und vom neunten Mai. Bob, war das nicht einen Tag bevor die Schließung der ›Todesfalle‹ in der Zeitung von Lordsburg bekanntgegeben wurde?«

»Genau«, sagte Bob. »Und am elften Mai vor fünf Jahren wurde in Lordsburg ein Auto gestohlen.«

»Zu dieser Zeit«, sagte Justus, »standen alle Häuser, die Mrs. Macomber gehören, leer – sie kam erst im Oktober nach Twin Lakes zurück und kaufte ihren Grundbesitz. Aber irgendwer, der am neunten Mai in Phoenix war, ist hier gewesen und hat diese Zeitung in einem Haus liegenlassen, das jetzt ihr gehört.«

»Gilbert Morgan, der tote Verbrecher!« rief Peter.

»Könnte schon sein«, bestätigte Justus. »Phoenix ist nicht weit von Lordsburg. Eine Viertelmillion Dollar, gestohlen nur wenige Tage vor der Abriegelung der Todesfallen-Mine... Dann wird in Lordsburg ein Auto gestohlen und nach Twin Lakes gefahren, und fünf Jahre später findet man in der abgesperrten Mine die Leiche eines polizeilich gesuchten Verbrechers... Ja, es ist möglich, daß Morgan am neunten Mai in Phoenix war – als Beteiligter an dem Überfall auf einen Geldtransport – und daß er unmittelbar darauf nach Lordsburg und anschließend nach Twin Lakes kam. Und ich glaube, wir können uns denken, was er hier tat.«

»Er ist untergetaucht!« warf Peter ein.

»Nein«, sagte Justus. »Niemand würde sich an einem Ort wie Twin Lakes verstecken. Ein Fremder in diesem Ort würde viel zu sehr auffallen. Aber nehmen wir an, Morgan war an dem Überfall beteiligt und suchte nach einem sicheren Platz, wo er seinen Anteil an der Beute verstecken konnte. Was wäre sicherer als eine Mine, die unmittelbar darauf verbarrikadiert werden sollte?«

Allie sah verdutzt drein. »Aber wenn er das Geld in eine

solche Mine tun wollte, wie würde er dann später drankommen?«

»So ein einfaches Eisengitter wäre für einen gewieften Kriminellen kein großes Problem«, stellte Bob fest.

»Dann hat also Thurgood die Moneten!« rief Allie. »Wenn das Geld in der Mine versteckt war, hat es jetzt Thurgood! Kein Wunder, daß er es nicht meldete, als er auf eine Leiche stieß. Wahrscheinlich wollte er sie beseitigen, damit niemand dahintersteigen sollte, daß er das Geld gefunden hatte. Nur sind wir ihm da zuvorgekommen!«

»Das wäre möglich«, sagte Justus. »Aber kümmern wir uns mal zunächst nicht darum, wer jetzt die Beute hat. Es gibt noch einen weiteren Grund, warum Gilbert Morgan ausgerechnet nach Twin Lakes gekommen sein könnte.«

»Und der wäre?« fragte Bob.

»Nehmen wir mal an, Gilbert Morgan wußte mehr über die ›Todesfalle‹ als das, was in der Zeitung von Lordsburg stand. Nehmen wir an, er kannte jemanden, der ihm alles über die stillgelegte Mine erzählte – und das ungenutzte Minengrundstück. Nehmen wir an, diese Person war einer seiner Komplizen!«

»Worauf willst du eigentlich hinaus?« forschte Allie.

»Nach jahrelanger Mitarbeit in einem kleinen Laden in Phoenix kam Mrs. Macomber nach Twin Lakes zurück – einige Monate nach dem Raubüberfall. Sie hatte genug Geld, um einen ansehnlichen Grundbesitz zu erwerben. Vielleicht machte sie gemeinsame Sache mit Morgan!«

»Du spinnst ja!« rief Allie.

»Aber nicht doch«, sagte Justus ungerührt. »Bob, bitte nochmal die Beschreibung der Fahrerin des Fluchtautos!«

»Mann!« rief Bob. »Das war eine Frau, zwischen fünfundfünfzig und sechzig, mit leicht ergrautem Haar und gebräunter Haut. Etwa einsfünfundsiebzig groß und schlank, und sie trug indianischen Schmuck!«

»Na, hört sich das nach jemand Bekanntem an?« fragte Justus.

»Aber... aber es gibt sicher eine ganze Menge Leute, die so

aussehen«, erklärte Allie. »Und Mrs. Macomber ist doch eine so nette Dame.«

»Darum geht es doch gar nicht. Sie wohnte zur Zeit des Überfalls in Phoenix. Sie hatte ihr Vermögen verloren und fristete ihr Leben mit einem Job, der ihr sicherlich nicht viel einbrachte.

Aber sie hatte dann doch genug Geld, um sich hier Land zu kaufen, und zwar bald nach dem Raubüberfall. Und heute führt sie ein geruhsames Leben und muß überhaupt nicht mehr arbeiten. Und die Beschreibung, die von der Fahrerin des Fluchtautos existiert, paßt haargenau!«

»Na und?« fuhr Allie auf. »Justus, du hast gegen Mrs. Macomber nicht die Spur eines Beweises vorzubringen!«

»Da hast du recht«, gab Justus zu. »Aber ich sehe da eine ganze Menge seltsamer Zufälle, und Beweise können wir uns ja vielleicht verschaffen.« Er sah Allie listig an. »Wir müssen auch noch eine andere Möglichkeit in Betracht ziehen. Wenn Mrs. Macomber tatsächlich an dem Überfall auf den Geldtransport beteiligt war...« Justus legte eine dramatische Pause ein.

»Nun red' schon«, drängte Allie.

»Dann ist es durchaus möglich, daß Gilbert Morgan nicht allein nach Twin Lakes kam. Vielleicht... vielleicht hatte er überhaupt keine Gelegenheit, sein Geld zu verstecken...«

»Du meinst, Mrs. Macomber hat Morgan in den Schacht hinuntergestoßen?« schrie Allie. »Du bist total übergeschnappt, Justus Jonas! Ich will nichts mehr von dir hören, kein Wort!«

Allie sprang auf und rannte aus der Scheune.

Bob sah Justus an. »Du glaubst doch nicht im Ernst, daß Mrs. Macomber Morgan umgebracht und seinen Anteil an der Beute kassiert hat, oder?«

»Nein«, sagte Justus. »Ich konnte nur nicht widerstehen – ich mußte es Allie einfach sagen. Aber ich wäre keineswegs überrascht, wenn sich herausstellte, daß Mrs. Macomber irgendwie in den Raubüberfall verwickelt war!«

Die Nachbarin verschwindet

Am nächsten Tag, gleich nach dem Frühstück, saßen Allie und die drei ??? allein in der Küche. Justus hatte sein Essen fast geistesabwesend verschlungen. Als er fertig war, starrte er kurz auf seinen Teller und sagte dann zu Allie: »Wie heißt eigentlich der Laden in Phoenix, wo Mrs. Macomber gearbeitet hat? Weißt du das?«

»Eigentlich geht dich das gar nichts an«, gab Allie zurück, »aber der Laden hieß ›Tipi‹, das ist ein Indianerwort für Zelt. Mrs. Macomber hat mir schon viel davon erzählt. Eine Frau, eine gewisse Mrs. Harvard, hat ihn ihr abgekauft und sie als Verkäuferin übernommen. Mrs. Harvard war ein rechter Geizkragen – Mrs. Macomber sagte mal, sie hätte um jede kleine Gehaltserhöhung mit ihr feilschen müssen.«

»So?« sagte Justus. »Dann ist es erst recht sonderbar, daß Mrs. Macomber genug sparen konnte, um sich das Grundstück hier zu kaufen. Na, diesen Teil ihrer Vergangenheit können wir ja überprüfen.«

»Justus Jonas! Schnüffel du bloß nicht in Mrs. Macombers Privatleben herum!« rief Allie. »Die ist in Ordnung! Und ich mag sie gern!«

»Und Wesley Thurgood magst du gar nicht«, sagte Justus. »Deshalb muß Wesley Thurgood nicht gleich ein Krimineller sein und Mrs. Macomber ein Engel. Wirklich, mir ist Mrs. Macomber auch sympathisch. Aber als Detektiv darf ich mich in meinem Urteil nicht von Gefühlen beeinflussen lassen.«

»Ach, red doch keinen Unsinn«, sagte Allie. »Dein Urteil kannst du dir an den Hut stecken. Also schon die Vorstellung, Mrs. Macomber könnte eine Diebin sein!«

Justus seufzte. »Nun hör mal zu, Allie. Ich weiß nicht, ob Mrs. Macomber irgend etwas getan hat. Aber ich weiß, daß sie in Phoenix wohnte, als eine Frau, die ihr auffallend ähnelt, an einem Raubüberfall beteiligt war. Und unbestritten wurde ein Krimineller tot in einer Mine gefunden, in der sie sich gut auskennt. Solche Zufälle müssen untersucht werden – vielleicht sind es dann gar keine Zufälle mehr. Für den Anfang könnten wir ja mal überprüfen, ob Mrs. Macomber tatsächlich all die Jahre in diesem Laden gearbeitet hat.«

»Dann ruf eben in Phoenix an!« sagte Allie herausfordernd. »Du wirst schon sehen, daß sie die Wahrheit sagte, und das bringt dich dann überhaupt nicht weiter.«

»Mag ja sein«, gab Justus zu. Die anderen im Gefolge, ging er zum Telefon im Wohnzimmer und ließ sich von der Auskunft die Nummer des Ladens ›Tipi‹ nennen. Er wählte und meldete sich mit seiner tiefsten, seriösesten Erwachsenenstimme.

»Tipi?... Kann ich Mrs. Harvard sprechen, bitte sehr?«

Eine kurze Pause folgte. »Mrs. Harvard?« sagte Justus dann. »Hier ist Emerson Foster vom Kaufhaus ›Bon Ton‹ in Lordsburg, New Mexico. Uns liegt eine Bewerbung vor – von einer Mrs. Brenda Macomber. Sie hat Ihr Geschäft als Referenz angegeben. Ich entnehme den Unterlagen, daß sie vor etwa fünf Jahren aus Ihrem Geschäft ausgeschieden ist. Mrs. Macomber sagte mir, sie habe gekündigt und – «

Justus hielt inne. Aus dem Telefon kamen Laute, die für die anderen unverständlich waren.

»Nach fünfzehn Jahren?« sagte Justus schließlich.

»Ich hab's dir doch gesagt«, flüsterte Allie. »Da ist alles in Ordnung!«

Aber Justus horchte ins Telefon und sah sehr ernst aus. »Das... das ist ja kaum zu glauben!« sagte er. »Ja. Ja, vielen Dank für Ihre aufrichtige Auskunft. Sie ist für uns wirklich sehr wertvoll.«

Er legte auf.

»Was hat sie denn gesagt?« fragte Peter.

»Mrs. Macomber hat fünfzehn Jahre lang im ›Tipi‹ gearbeitet«, sagte Justus. »Im Frühjahr vor fünf Jahren ist sie weggegangen. Mrs. Harvard sagte, es sei im April oder Mai gewesen. Sie kann sich nicht genau erinnern. Aber gekündigt hat Mrs. Macomber nicht.«

»Dann wurde sie eben entlassen«, sagte Allie. »Was ist schon dabei?«

»Es war aber anders«, sagte Justus. »Sie kam eines Morgens einfach nicht mehr zur Arbeit. Sie rief auch nicht an, und als eine der Verkäuferinnen in ihre Wohnung ging, um nach dem Rechten zu sehen, war Mrs. Macomber fort. Sie war ausgezogen und hatte keine neue Adresse hinterlassen.«

Allie riß die Augen auf.

Bob hatte sich auf dem Sofa gerekelt. Jetzt richtete er sich auf und beugte sich vor. »Vor fünf Jahren, im Frühjahr«, sagte er. »Das wäre etwa die Zeit, als der Geldtransport überfallen wurde. Justus, dann könntest du recht haben. Vielleicht hat sie doch diesen Fluchtwagen gefahren und sich dann abgesetzt. Ich frage mich nur, wo sie wohl in der Zeit war, nachdem sie das ›Tipi‹ verlassen hatte, und ehe sie wieder nach Twin Lakes zog.«

»Auf Tauchstation?« schlug Peter vor.

»Wir wollen keine voreiligen Schlüsse ziehen«, sagte Justus. »Es könnte ja eine Erklärung geben. Warum gehen wir nicht einfach hinüber und reden mit ihr? Vielleicht können wir sie dazu bringen, daß sie uns mehr über Phoenix und über die Ereignisse dieses Jahres erzählt.«

»Ihr die Würmer aus der Nase ziehen«, sagte Peter. »Das ist doch deine Stärke, Just. Gehen wir!«

»Ihr seid alle total verrückt!« schrie Allie.

»Na gut, du brauchst ja nicht mitzukommen«, sagte Peter.

»Aber sicher komme ich mit. Ich möchte sehen, was ihr für dumme Gesichter macht, wenn ihr merkt, daß ihr euch geirrt habt.«

Aber als Allie und die drei ??? über die Straße gingen, stand bald fest, daß es keine Vernehmung geben würde. Mrs. Macombers Wagen war weg, und nichts rührte sich, als sie an ihre Tür klopften.

»Wahrscheinlich ist sie in der Stadt«, sagte Allie. »Aber nun sind wir schon dabei. Ich lege ihr einen Zettel auf den Küchentisch und lade sie zum Abendessen ein. Magdalena hat sicher nichts dagegen.«
Sie öffnete die Tür und ging in die Küche, gefolgt von den Jungen.
»Mrs. Macomber?« rief Allie. Als keine Antwort kam, ging sie weiter ins Wohnzimmer und suchte ein Stück Papier. Die drei ??? warteten in der Küche, die längst nicht so aufgeräumt war wie am Vortag. Auf dem Herd standen ungespülte Töpfe, und das Spülbecken war mit benutztem Geschirr gefüllt, das aussah, als hätte es über Nacht dagestanden.
»Da – ich glaube, Mrs. Macomber will verreisen«, rief Allie.
»Wie kommst du darauf?« fragte Justus und ging ins Wohnzimmer.
Allie wies durch die offenstehende Tür in Mrs. Macombers Schlafzimmer. Auf dem Bett lag ein kleiner Koffer, und daneben waren ein paar Kleidungsstücke hingeworfen.
Justus kam an die Schlafzimmertür. »Sieht so aus, als sei sie schon weg!« sagte er, nachdem er sich kurz im Raum umgesehen hatte.
»Was sagst du da?« Peter war hinzugetreten.
Justus zeigte auf den offenstehenden Kleiderschrank. »Alle ihre Kleider sind aus dem Schrank genommen. Und seht euch die Kommode hier an, alle Schubladen aufgezogen – und leer. Freunde, die ist ausgeflogen – und ich glaube, sie hat es sehr eilig gehabt!«
»Was meinst du damit?« fragte Allie.
»Alle Anzeichen deuten auf einen überstürzten Aufbruch hin«, antwortete Justus. »Ihr habt das Haus ja gestern gesehen. Es war tadellos in Schuß. Ist Mrs. Macomber der Typ, der wegfährt und Kommodenschubladen offenläßt, Kleider und einen Koffer herumliegen läßt und schmutziges Geschirr im Spülbecken stehenläßt? Nie – außer sie hatte es wirklich furchtbar eilig, oder sie hatte keine andere Wahl!«

»Dann ist sie entführt worden!« rief Allie. »Der Kerl, der gestern bei ihr die Lebensmittel klaute... Vielleicht hat sie ihn erwischt, und da...«
»Da hat er sie entführt und sorgsam Kleider für sie eingepackt, ehe er sie mitnahm?« sagte Justus. »Das ist nicht sehr wahrscheinlich.«
»Vielleicht ist sie in Urlaub gefahren«, war Peters Vermutung.
»Wohl kaum«, sagte Justus. »Vor einer Urlaubsreise hätte sie im Haus kein solches Chaos hinterlassen. Und gestern hat sie gar nichts von Urlaub erwähnt.«
Bob meinte: »Möglich, daß eine dringende Familienangelegenheit dazwischengekommen ist. Irgendwer hat vielleicht angerufen, als wir weg waren.«
Justus zupfte an seiner Unterlippe und zog die Stirn in Falten. »Bis jetzt ist das die vernünftigste Vermutung, Bob. Aber es gibt noch eine andere Möglichkeit. Vielleicht hat sie sich zur Abreise entschlossen, weil du diese Zeitung aus Phoenix gefunden hattest.«
»Aber sie wußte ja gar nicht, was da drin stand«, sagte Allie. »Sie sagte nur, die sei schon dagelegen, als sie das Haus kaufte.«
»Kann sein«, räumte Justus ein. »Aber wenn sie an dem Überfall beteiligt war und gestern zufällig die Überschrift gelesen hat, dann wußte sie schon, was in der Zeitung stand. Und dann wußte sie auch, daß es jetzt heikel für sie geworden war, denn bekanntlich hast du, Allie, sie extra mit der Nase darauf gestoßen, daß wir in der Sache mit dem toten Verbrecher Ermittlungen anstellen. Da muß sie sich klargemacht haben, daß wir uns die Zusammenhänge an den Fingern abzählen und ihr möglicherweise ein paar für sie unangenehme Fragen stellen könnten. Und was meint ihr wohl, was sie dann tat?«
»Na, abhauen!« erklärte Peter.
»Wenn ihr das glaubt, seid ihr Vollidioten«, wehrte sich Allie. »Ruft doch den Sheriff an.«
»Und was sollen wir melden?« fragte Justus. »Daß Mrs. Ma-

comber verschwunden ist? Das ist doch ihre Privatsache. Wir haben keinen Beweis dafür, daß sie irgendwie mit Morgan oder mit dem Raubüberfall zu tun hatte. Es sind alles nur Mutmaßungen.«

Justus ging hinaus und schritt auf der kurzen Einfahrt zur Landstraße vor. Dann blieb er stehen, bückte sich und untersuchte die Reifenspuren im Staub. Die anderen kamen her, und er zeigte auf die frischesten Spuren, welche die Spuren anderer Fahrzeuge überlagerten. Daraus war zu ersehen, daß der Transporter aus Mrs. Macombers Einfahrt herausgefahren und dann zum Grundstück von Wesley Thurgood abgebogen war.

»Sonderbar«, sagte Justus. »Sie ist gar nicht in die Stadt gefahren, sondern in genau entgegengesetzter Richtung.«

»Vorausgesetzt, daß die Spuren von ihrem Wagen stammen«, sagte Allie.

»Sie passen aber zu allen anderen Spuren auf ihrer Einfahrt«, sagte Justus.

Allie und die drei ??? folgten den Spuren auf der staubigen Straße. Mrs. Macombers Transporter war an Wesley Thurgoods Hoftor vorbeigefahren. Als die Jungen und Allie an Thurgoods Zaun vorbeikamen, sprang der riesenhafte Hund am Maschendraht hoch und bellte wütend. Seit der Zaun fertig war, wurde der Hund nicht mehr an die Kette gelegt. Thurgood und seine mexikanischen Arbeiter waren nicht zu sehen.

Einige hundert Schritt nach Thurgoods Grundstück stellten sie fest, daß der Transporter auf einen Feldweg abgebogen war, den man kaum als Straße bezeichnen konnte. Er führte in einer Folge von Haarnadelkurven den Berg hinauf.

»Na so was... sie ist über die alte Hambone Road gefahren«, sagte Allie.

»Hambone?« wiederholte Justus.

Allie zeigte hin. »Ganz da oben, auf dem Bergkamm, ist eine richtige Geisterstadt. Sie heißt Hambone. Dort war auch mal eine Mine, aber die ist stillgelegt wie die ›Todesfalle‹. Und ein Sägewerk, das die Stadt retten konnte, gab es nicht, also ist sie ausgestorben. Ich bin noch nie da oben gewesen. Die Straße ist zu schlecht. Man braucht einen Jeep oder Transporter mit Allradantrieb, damit man überhaupt hinkommt.«

»Mrs. Macomber hatte so einen Transporter mit Allradantrieb«, sagte Justus. »Und sie hat diese Richtung eingeschlagen – soviel steht fest.«

Peter sah aufgeregt aus. »Warum machen wir das nicht auch? Wir können ihrer Spur nachgehen und sehen, was sie vorhatte. Allie, dein Onkel hat doch auch einen Wagen mit Allradantrieb, und...«

»Und ich darf ihn nur auf unserem Gelände fahren«, erinnerte ihn Allie. Plötzlich hellte sich ihre Miene auf. »Wir können die Pferde nehmen«, rief sie. »Pferde kommen da gut hinauf. Wirklich, das sollten wir machen. Wenn Mrs. Macomber auf diesem Weg einen Unfall hatte oder eine Panne, ist sie übel dran. Wir können uns was zum Essen einpacken und Onkel Harry sagen, daß wir eine Geisterstadt erkunden wollen.«

»Das machst du, Allie«, sagte Peter. »Du kannst besser Geschichten erfinden als wir alle drei zusammen!«

Das Ende der Fährte

Magdalena richtete für Allie und die drei ??? einen reichhaltigen Imbiß zum Picknicken, und sie packten alles in ihre Satteltaschen.

»Seid vorsichtig mit Feuer, wenn ihr die Würste bratet«, warnte Magdalena von der Veranda aus. »Ihr wollt doch nicht den Berg abbrennen.« Sie winkte ihnen nach, als sie loszogen. Allie ritt Indian Queen, ihren schönen Apfelschimmel. Justus hatte eine stämmige Stute bestiegen und schwitzte ein wenig. Peter saß gelassen auf einem grobknochigen Wallach, und Bob ritt das dritte von Onkel Harrys Pferden, einen gescheckten Hengst. Sie ritten im Trab an Thurgoods Hoftor vorbei, was den Hund zu wütendem Gebell anfeuerte und die zwei Mexikaner starr herübersehen ließ. Die Männer strichen gerade Thurgoods Holzhaus neu an.

Allie trabte voran, als sie den Hang hinaufritten. Justus auf seiner Stute kam dicht hinterdrein. Dem Pferd war es allerdings wichtiger, das Gras neben dem Weg abzuknabbern, als auf den Berg zu kommen. Allie riß Queenie herum und packte Justs Zügel. »Du mußt ihr den Kopf hochziehen!« rügte Allie. »Komm! Los!«

Justus wurde rot. Er zerrte an den Zügeln, und die Stute ging schneller, doch dann verhielt sie wieder und trottete gemächlich dahin, einen Schritt vor dem anderen.

»Da brauchen wir ja den ganzen Tag, bis wir hinkommen!« rief Allie.

»Los, mach schon!« Justus stieß die Stute mit seinen kräftigen Beinen in die Flanken, aber sie ließ sich nicht von ihrem gemütlichen Tempo abbringen.

»Dich werden sie bestimmt nicht versehentlich zum Großen Preis zulassen!« sagte Bob. Er saß angespannt im Sattel und schaute von Zeit zu Zeit auf den zerklüfteten Hang unter sich. »Hier möchte ich nicht abgeworfen werden«, murmelte er.

Sie ritten weiter, und hier und da fanden sie die Spur von Mrs. Macombers Reifen auf sandigen Wegstellen. Zu beiden Seiten verwehrten ihnen Fichten den Blick auf den Hang. Es war ein Uhr durch, als sie schließlich den kahlen Bergkamm erreichten und über die staubige Hauptstraße von Hambone trabten. Ringsum standen zundertrockene Holzhäuser mit zerbrochenen Fensterscheiben und verzogenen, schief herunterhängenden Planken, von denen die Farbe abblätterte. Verrostete Bettgestelle lagen auf der Straße und alte Blechdosen, abgestoßene Möbel und gezackte Glasscherben.

Allie saß ab und band ihren Schimmel an das Geländer einer Veranda vor dem Gebäude, das einst das Kaufhaus von Hambone gewesen war. Die Jungen stiegen auch ab, reckten die steifen Glieder und machten ihre Pferde fest.

»Hier sieht es ja ziemlich öde aus.« Peter blickte um sich, als erwarte er, daß es in der Geisterstadt tatsächlich spuke. »Onkel Harry sagt, eine Geisterstadt nimmt immer so ein Ende«, sagte Allie. »Da kommen Rowdies her und machen alles kaputt und werfen die Möbel zu den Fenstern hinaus.« Sie zeigte die Straße entlang zu einem großen Gebäude, das dem auf Wesley Thurgoods Grundstück sehr ähnlich sah. Wände und Dach waren aus verrostetem Wellblech, und gähnende Löcher öffneten sich auf das Dunkel drinnen. »Das muß das ehemalige Hüttenwerk sein«, sagte Allie.

Sie hielten auf die große Baracke zu. »Seid vorsichtig beim Auftreten«, warnte Allie. »Und hebt keine Blechstücke vom Boden auf. Die Klapperschlangen verkriechen sich gern unter so was, wenn sie Schutz vor der Sonne suchen, und wer so eine Schlange aufscheucht...«

»Wir wissen, was dem passiert, der eine Klapperschlange aufscheucht!« sagte Peter. »Nur keine Sorge. Wir wollen ja nicht hier im Schrott wühlen.«

Sie waren am Hütteneingang angelangt und blieben stehen. Die Tür war längst aus den Angeln gesackt, und Allie und die Jungen schauten in den düsteren Bau.

»Hält uns der Fußboden wohl aus?« fragte Bob. »Oder ist er morsch?«
»Das lassen wir jetzt sein«, meinte Justus. »Der Transporter ist nicht da. Wir sind schließlich nicht als Touristen hier in der verlassenen Stadt.« Er ging zur Straßenmitte, um eine Reifenspur zu untersuchen. »Mrs. Macomber hat also den Bergkamm erreicht«, stellte er fest. »Andernfalls hätten wir sie unterwegs gefunden.« Er ging weiter, wobei er es vermied, auf die Spuren zu treten, bis zur Ecke des Hüttenwerks. »Aha!« sagte er laut.
»Was ist denn?« Allie sauste hin, und Peter und Bob folgten ihr.
Dort, hinter dem verfallenen Gebäude, stand Mrs. Macombers Transporter.
»Mrs. Macomber!« rief Allie. Sie lief zu dem Wagen hin. »Mrs. Macomber! Ich bin's! Allie!«
Sie hatte den Transporter fast erreicht, als plötzlich ein widerlich schnarrender Laut zu hören war.
»Allie! Ruhig stehenbleiben!« schrie Justus.
Allie zuckte zurück. Dabei glitt sie aus und stürzte zu Boden. Ein bedrohliches, unheimliches Etwas schoß unter dem Transporter hervor. Allie warf sich zur Seite, und ein bösartiger Kopf mit entsetzlich weit geöffneten Kiefern und todbringenden Fangzähnen schnappte zu – an der Stelle, wo sie eben noch gestanden hatte.
Allie rührte sich nicht.
Die Klapperschlange lag einen Augenblick lang ausgestreckt da, dann ließ sie wieder ihre unheimliche Warnung ertönen und begann ihren Leib zusammenzurollen.
»Stillhalten!« flüsterte Peter. Er hob einen großen Steinbrokken auf, zielte und schleuderte ihn nach der Schlange.
»Volltreffer!« schrie Bob. »Genau auf den Kopf! Junge, das war gefährlich.«
Allie rappelte sich auf und schaute voll Entsetzen auf die zuckende, sich windende Schlange. »Danke«, war alles, was

sie zu Peter sagen konnte. Sie war sehr blaß und zitterte. »Pflichtübung für einen erfahrenen Pfadfinder«, sagte Peter. Er hockte sich nieder und spähte unter den Transporter, blieb aber vorsichtshalber auf sicherer Distanz. »Mehr Klapperschlangen gibt's hier anscheinend nicht«, sagte er.

Allie und die Jungen gingen um die sterbende Schlange herum und begannen Mrs. Macombers Transporter zu untersuchen. Er war leer. Gepäck befand sich nicht darin, und der Zündschlüssel war abgezogen.

»Wenn es eine dringende Familienangelegenheit war, hätte sie doch den Transporter nicht hier heraufgebracht und stehengelassen«, sagte Bob.

»Ich begreife das auch nicht«, sagte Allie. »Wo ist sie hin, und wo sind ihre Sachen?«

»Ob sie sich irgendwo versteckt hat?« meinte Peter verwundert. Sie durchsuchten die Stadt, spähten durch Fenster, öffneten Türen, die in rostigen Angeln hingen. Sie fanden nichts als zerbrochene Möbel und Haufen von Unrat. Hier und da entdeckten sie Fußspuren.

Aber von Mrs. Macomber fanden sie keine Spur.

»Es sind Leute hier gewesen«, sagte Justus. »Eine ganze Menge.« Sie gingen zum Wagen zurück und sahen sich den Erdboden an. Da waren Fußspuren – manche stammten von Allie und den Jungen, aber andere nicht. Zwanzig Schritte vom Wagen entfernt war eine zweite Reifenspur.

»Da war noch jemand mit einem Jeep oder Transporter hier«, sagte Peter. Sie verfolgten die Reifenspur auf der Straße bis zum Ende der verlassenen Stadt. Dort führte auf der anderen Seite des Bergzuges eine Straße den Hang hinunter – eine schmale Fahrbahn, aber immerhin in gutem Zustand.

Justus überlegte einen Augenblick. »Vielleicht hatte sie hier mit irgend jemand ein Treffen vereinbart«, sagte er. »Ja..., so war's wohl. Sie kam von Twin Lakes hierher, lud ihre Sachen in ein anderes Fahrzeug um, ließ ihren Transporter stehen und setzte sich ab. Allie, wohin führt diese Straße?«

»Das weiß ich nicht genau«, bekannte Allie. »Hier oben war ich noch nie. Aber ich weiß, daß drüben, hinter dem Berg, eine große Wüste ist.«
Eine Staubwolke erhob sich über den Bäumen unten am Fuß des Berges, und sie hörten das Geräusch eines Motors, der mühsam den Hang bezwang.
»Da kommt sie wieder!« rief Peter.
Aber es war nicht Mrs. Macomber, die zurückkam, sondern ein Jeep tauchte auf, holpernd und schliddernd auf dem losen Schotter. Am Lenkrad saß ein älterer Mann, der einen breitrandigen Strohhut trug. Eine Frau in einem buntbedruckten Baumwollkleid saß neben ihm.
»Hallo, ihr da!« Der Mann grinste und brachte seinen Jeep zum Stehen.
»Hallo!« sagte Peter.
»Seid ihr Kinder allein hier?« wollte der Mann wissen.
Peter nickte.
»Flaschen sammeln, nehme ich an?« sagte der Mann.
»Flaschen sammeln?« fragte Bob.
»Dazu sind *wir* hergekommen«, erklärte die Frau. »Wir sind den ganzen Weg von Casa Verde raufgefahren, zu diesen alten Ortschaften im Bergland. Wenn man Glück hat, findet man hier wunderschöne alte Flaschen. Aber man muß vorsichtig sein. Nur nichts mit den bloßen Händen anfassen. Wenn man etwas von der Stelle bewegen will, muß man dazu einen Stock nehmen. Hier gibt's nämlich Schlangen.«
»Wissen wir«, sagte Justus. »Haben Sie... Kommen oft Leute hier herauf?«
»Ich denke schon«, sagte der Mann. »Die Straße hier herauf nach Hambone war nicht mal so schlecht. Auch wenn man keine Flaschen findet, sind die alten Städte ganz interessant. In einer Geisterstadt habe ich vorige Woche eine Kerosinlaterne gefunden. Sie war so gut wie neu.«
Er fuhr mit dem Jeep ein Stück weiter und parkte vor dem Kaufhaus.

»Daher also die anderen Reifenspuren«, sagte Bob. »Sie können von jemand stammen, mit dem sich Mrs. Macomber getroffen hat, aber auch von so einem Antiquitätensammler.«
Justus seufzte. »Eigentlich spielt es keine Rolle mehr, oder? Mrs. Macomber war hier, und jetzt ist sie nicht mehr da. Wir sind am Ende der Fährte.«

Der Wachhund, der nicht bellte

Als sie ihre Würste gebraten hatten, saßen Allie und die drei ??? wieder auf. Der Ritt zurück nach Twin Lakes ging langsam vonstatten, die Pferde hielten sich dicht beisammen und stiegen vorsichtig den steilen Hang von Hambone ab.
»Ich kann es noch kaum glauben«, sagte Justus. »Mrs. Macomber wirkte so beherrscht, und nun hat sie anscheinend durchgedreht und sich einfach abgesetzt.«
»Das vermutest du nur«, sagte Allie. »Wir wissen ja nicht genau, was mit Mrs. Macomber passiert ist. Es könnte noch eine andere Erklärung geben.«
»Mir scheint nur eine möglich zu sein«, sagte Justus. »Als ihr klar wurde, daß wir in einer Sache Ermittlungen anstellen, die sich vor fünf Jahren hier zugetragen hat, bekam sie es mit der Angst und flüchtete. Vielleicht hat sie sich in Hambone mit einem ihrer Komplizen getroffen. Es ist auch möglich, daß sich in den letzten Tagen noch ein anderes Bandenmitglied bei Twin Lakes herumgetrieben hat. Wir haben immer noch keine Erklärung für den Eindringling, der sich aus der Scheune die Machete geholt hat.«
Peters Miene hellte sich auf. »Mann! Der könnte zu der Räuberbande gehören. Mrs. Macomber hat ihn vielleicht bei sich versteckt, als ihn der Sheriff in der Nacht suchte.«

»Und was ist mit den Lebensmitteln... und dem Zigarettenstummel?« setzte Bob hinzu.
»Ja, was ist damit?« fragte Allie.
»Paßt mal auf«, sagte Bob. »Nehmen wir an, Mrs. Macomber hat den Eindringling bei sich versteckt – und nehmen wir weiter an, er gehörte zu der Bande. Dann hätte er irgendwo ganz in der Nähe sein können, als wir gestern zu ihr gingen. Er hat vielleicht Hunger bekommen und sich in Selbstbedienung was zu futtern geholt, während wir durch ihre Häuser gingen. Bekanntlich hat Mrs. Macomber nicht sofort gemerkt, daß ihr Lebensmittel fehlten. Das ist erst Justus aufgefallen.«
»Gute Überlegung, Bob«, sagte Justus.
»Ihr spinnt alle!« sagte Allie.
»Reg dich nicht auf, Allie«, beschwichtigte Justus. »Vergiß nicht, daß wir nur Vermutungen anstellen. Zur Zeit spielen sich höchst sonderbare Dinge ab. Wir haben die fünf Jahre alte Leiche eines Mannes entdeckt, der möglicherweise an einem Raubüberfall vor fünf Jahren beteiligt war. Und wir haben hier eine Nachbarin, die vielleicht ebenfalls beteiligt war – und die auf rätselhafte Weise verschwunden ist. Wir haben einen nächtlichen Eindringling, der eine Machete gestohlen hat und der ebenfalls ein Komplize der Frau oder des Toten in der Mine sein könnte – oder auch nicht. Und dann haben wir die Mine, eine stillgelegte Silbergrube, die offenbar ein reicher Immobilienmakler aus Los Angeles wieder in Betrieb genommen hat. Und wir haben einen goldgeäderten Stein aus dieser Mine. Nach Mrs. Macombers Worten hat aber die Mine niemals auch nur ein Gramm Gold enthalten.«
»Dann könnte Mrs. Macomber vielleicht gelogen haben«, meinte Peter.
»Egal, was sie mit dem Toten zu schaffen hat, wegen des Goldes hätte sie nicht zu lügen brauchen«, stellte Justus fest. »Mit Wesley Thurgood hat sie anscheinend keine Verbindung irgendwelcher Art, außer daß sie weiß, daß er hier in Twin Lakes geboren ist.«

»Vergiß nicht die Beute aus dem Raubüberfall«, sagte Peter. »Wenn die jemals hier war, hat sie sich Thurgood dann unter den Nagel gerissen? Oder hat Mrs. Macomber vor fünf Jahren das Geld an sich gebracht?«
Die restliche Wegstrecke hangabwärts legten die vier schweigend zurück. Bei der Ankunft unten war es Spätnachmittag. Als Thurgoods Anwesen in Sicht kam, sahen sie, daß sein roter Geländewagen weg war. Bei Thurgoods Holzhaus standen Farbeimer, aber mitten im Anstreichen war abgebrochen worden, und die mexikanischen Arbeiter waren nirgends zu sehen. Der riesenhafte Wachhund lag ausgestreckt in der Sonne und schlief.
Die Pferdehufe klapperten an Thurgoods geschlossenem, mit einem Vorhängeschloß gesichertem Tor vorbei. Der Hund schlief weiter.
»Komisch«, sagte Justus. »Sonst will der ja immer den Zaun niederreißen und auf uns losgehen.«
Als sie Harrison Osbornes Koppel erreicht hatten, sattelten sie ab. Die Haustür vorn stand offen, und auf dem Küchentisch lag ein Zettel: »Magdalena muß zu ihrer Schwester. Ich fahre sie nach Silver City, und wir kommen heute abend spät zurück. Macht euch belegte Brote zum Abendessen und *stellt mir nichts an!* Herzlichst Onkel Harry.«
»Wunderbar!« Justs ernstes Gesicht hellte sich auf.
»Ich find' das gar nicht wunderbar – wenn nun Magdalenas Schwester krank ist? Was hast du denn wieder vor, Justus Jonas?« fragte Allie.
»Wir wollen hoffen, daß Magdalenas Schwester nicht krank ist«, sagte Justus. »Wunderbar ist eben, daß jetzt keiner da ist. Mrs. Macomber ist weg. Thurgoods Auto ist nicht da, und seine beiden Männer sind auch nicht in der Gegend. Dein Onkel und Magdalena sind weggefahren. Die Luft ist rein – und wir können ungehindert den einen mysteriösen Vorfall erkunden, mit dem wir uns noch nicht befaßt haben: das Auftreten einer Spur Gold in einer abgebauten Silbermine.«

Justus nahm seinen Kiesel aus der Tasche, warf ihn einmal in die Luft und sah seine Kollegen voll Eifer an. »Los – solange uns keiner in die Quere kommt! Wir müssen herauskriegen, was sich in dieser Mine tut.«

»Den Hund hast du vergessen«, sagte Peter. »Der Hund ist hier, und er ist nicht angekettet.«

»Ach, der Hund – keine Sorge!« Allie flitzte zum Kühlschrank und holte die Reste der Lammkeule heraus, die es am Vorabend gegeben hatte. »Da ist noch 'ne Menge Fleisch dran und ein feiner Knochen zum Benagen. Das sollte den alten Fido eine Weile in Schach halten.«

Ein paar Minuten später liefen die drei ??? und Allie quer über die Weihnachtsbaum-Plantage zur Mine. Als sie die Grenze von Onkel Harrys Besitz erreicht hatten, schauten sie durch den Zaun in Thurgoods Grundstück. Der Hund schlief noch.

»He!« schrie Peter hinüber. »Hallo, Rex! Pluto! Huuu-hu, Pluto!«

»Komm, hol's dir, Struppi!« Allie schwenkte die Lammkeule durch die Luft.

Der Hund rührte sich nicht.

Peter rief den Hund noch einmal an. Als er sich immer noch nicht regte, hangelte sich Peter am Zaun hoch, schwang sich hinüber und sprang in Thurgoods Hof hinunter.

»Paß auf, Mann«, warnte ihn Bob.

»Schmeiß den Knochen rüber«, sagte Peter. Er war stehengeblieben und ließ den Hund nicht aus den Augen. »Man könnte meinen, er wär' tot«, sagte er.

»Das kommt uns doch gerade recht«, sagte Allie. Und schon kletterte sie ebenfalls an dem zweieinhalb Meter hohen Zaun hoch und sprang drüben zu Boden. Bob tat es ihr nach, und Justus schaffte es mit Ach und Krach auch noch, seinen Wanst hinüberzuwälzen.

Die vier traten vorsichtig an den Hund heran. Allie redete unablässig auf das Tier ein. »So, alter Freund. Brav jetzt, brav«, sagte sie liebevoll.

»Vorsicht!« flüsterte Justus.
Allie beugte sich vor und faßte den Hund an. Er zuckte zusammen und winselte wie im Traum.
»Da, er schläft ja nur«, sagte Allie. »Aber wieso wacht er eigentlich nicht auf?«
Justus erspähte am Zaun eine Blechdose. Er hob sie auf und schnüffelte an den rohen Fleischstücken, die noch darin waren.
»Ich rieche nichts, aber vielleicht hat einer dem Hund ein Betäubungsmittel zu fressen gegeben«, verkündete er.
»Vielleicht wollte ihn jemand aus dem Weg haben!«
Die anderen sahen sich besorgt um, aber es war sonst niemand da.
»Ich frage mich, wo die Mexikaner sind – die beiden, die für Thurgood arbeiten.«
Ohne daß es ihm bewußt wurde, hatte Bob die Stimme zu einem Flüstern gesenkt.
»Hallo!« rief Peter. »Ist hier jemand?«
Der Ruf kehrte als vielfältiges Echo vom Berghang wieder.
»Halt doch die Klappe!« fuhr ihn Allie an. »Da hat also einer den Hund betäubt, und keiner ist da.« Sie zog die Taschenlampe hervor, die sie in ihre Gesäßtasche gesteckt hatte. »Machen wir schnell, ehe wieder jemand herkommt.« Sie lief los zum Mineneingang, der nun, nachdem die Sonne hinter dem Berg verschwunden war, in tiefem Schatten lag. Bald würde es dunkeln.
Gleich hinter dem Eingang waren mehrere Schaufeln und ein Schubkarren. Allie leuchtete die Stollenwände an und über das Bauholz hinweg, das die Decke stützte. »Was haben die nur getrieben?« sagte sie. »Sieht gar nicht so aus, als hätten sie hier gesprengt.«
»Wir sind noch nicht weit genug drin«, sagte Justus. »Die Sprengung hat man ja nur ganz gedämpft gehört. Gehen wir doch vor bis zu der Stelle, wo ich den Stein gefunden habe.« Er nahm die Lampe und ging voraus bis zu der Stelle, wo der Stollen sich nach rechts und links gabelte. Ohne Zögern

wandte er sich nach links. »Von hier aus waren es vielleicht noch fünfzig Schritt«, sagte er und marschierte los.
Da lag auf dem Minenboden ein größerer Haufen loser Bruchsteine und Kiesel. Über dem Geröllhaufen war ein großes Loch, das man in eine Wand gesprengt hatte. Am Rand der Höhlung funkelte es.
»Da!« rief Peter. »Gold!«
Justus trat herzu und hielt die Lampe dicht an die Stollenwand. Glänzende Punkte blinkten im Strahl der Lampe auf. »Erstaunlich!« sagte Justus. Mit den Fingernägeln scharrte er ein wenig von dem blanken gelben Metall aus dem harten Grund. Er richtete das Licht auf seine Beute und starrte hin.
»Mrs. Macomber hat sich also getäuscht!« sagte Allie. »Es ist *doch* Gold in der Mine!«

Wie ergiebig das Vorkommen ist, wird sich zeigen. Ein neues Rätsel für die drei ??? – und hier eines für Leser: Wer findet in LÜGENDETEKTOR, ORDNUNGSLIEBE, DOGENPALAST etwas ganz kostbares, fein verteilt und versteckt? Wer den Trick begriffen hat und weitere raffinierte Versteck-Wörter findet, kann seine Freunde rätseln lassen. VIEL DENKSPORTERFOLG!

Plötzlich erstarrten sie alle vier.
Ganz schwach drang von weit draußen ein Geräusch herein, ähnlich einem Schuß oder einer Fehlzündung.
»Da kommt jemand!« flüsterte Peter.
»Dann lieber weg!« sagte Allie. »Ich will nicht noch mal hier drin geschnappt werden!«
Justus steckte das Goldkörnchen in die Tasche, und sie liefen zum Hauptstollen zurück. Der mit Holz abgestützte Eingang war nun nur noch als schwaches helles Rechteck zu erkennen. Als sie es sahen, knipste Justus die Stablampe aus, und sie

tasteten sich stolpernd auf dem leicht ansteigenden Stollenboden zur frischen Luft vor. Beim Mineneingang gebot Justus Halt.
Der Hund lag noch auf dem Hof, in der einfallenden Dämmerung kaum zu sehen. Vor der Umzäunung kam ein Wagen quietschend zum Stehen. Allie und die Jungen sahen zwei Männer aussteigen.
»Also los, Gasper«, sagte der eine. »Nimm dir einen Stein oder sonst was, und schlag das Schloß am Tor weg.«
»Zu mühsam, Manny«, sagte der andere mit heiserem Krächzen. »Das schieß' ich entzwei!«
»Spinnst wohl«, sagte der erste Mann. »Das hört man doch, und dann kreuzt das fette Schwein von Sheriff hier auf. Hol 'nen Stein.«
Obgleich sie etliche Schritte vom Tor entfernt standen, konnten Allie und die Jungen das mühsame Keuchen des Mannes namens Gasper hören.
»Just!« flüsterte Peter. »Wie sich das anhört... Das ist der Streuner, der in der Scheune war! Der mit der Machete auf mich losging! So hat der auch geschnauft!«
Sie zogen sich hastig ins Dunkel des Minenstollens zurück.
»Was machen wir jetzt?« flüsterte Allie. »Wenn wir von hier loslaufen, sehen uns diese fiesen Typen garantiert – und ich wette, die sind nicht zum Vergnügen hergekommen. Hier ist heute abend keine Menschenseele – und auf der Ranch auch nicht!«
Sie konnten hören, wie der Mann, der sich Gasper nannte, auf das Schloß an Thurgoods Tor hämmerte. Das Schloß fiel herunter, und das Tor wurde aufgestoßen.
»Wenn das Zeug noch hier ist, steckt es wahrscheinlich im Haus«, krächzte Gasper.
Die beiden Männer liefen quer über den Hof zu Thurgoods Haus. »Vielleicht ist es auch gar nicht mehr da«, sagte der Gefährte. »Er hat ja Zeit genug gehabt, es anderswo zu verstekken.«

»Wenn wir hier nichts finden, durchsuchen wir noch die Mine«, sagte Gasper.
»Und wenn wir's da nicht finden«, erwiderte Manny, »dann warten wir, bis der Mistkerl wiederkommt. Dann werden wir aus ihm herausbekommen, was er damit gemacht hat!«
Die beiden Männer lachten, als sie in Thurgoods Haus traten.
Allie war nahe am Losheulen. »Sie werden uns hier drin schnappen«, rief sie. »Wir müssen es wagen und zur Ranch laufen. Dort können wir den Sheriff anrufen.«
»Bist du übergeschnappt, Allie?« flüsterte Peter. »Die Kerle sind bewaffnet!«
»Aber sie hat recht«, sagte Bob. »Wir müssen was unternehmen!«
Justus kroch zum Mineneingang und spähte hinaus. In der Nähe, gleich bei dem windschiefen Schuppen, den Thurgood vor ein paar Tagen mit einem Vorhängeschloß gesichert hatte, stand ein Eimer mit flüssigem Inhalt. Justus robbte hin und roch an dem Eimer, und dann sah er zu dem Holz des Schuppens hin, das trocken war wie Zunder.
Er schlich zum Eingang des Stollens zurück. »Die Mexikaner haben bei Thurgoods Schuppen einen Eimer mit Nitroverdünnung stehenlassen, berichtete er. »Wenn wir den Schuppen anzünden, sieht man das bestimmt in der Stadt und alarmiert die Feuerwehr. Und in Null Komma nichts sind Feuerwehr und Polizei hier oben – und die Ganoven sitzen in der Falle. Peter, du hast doch heute nach Hambone Streichhölzer mitgenommen. Hast du die noch?«
Peter zog ein Streichholzbriefchen aus der Tasche, und er und Justus krochen ins Freie. Justus hob den Eimer auf und kippte den Inhalt mit Schwung über den Schuppen. Peter zündete ein Streichholz an und warf es hinterher. Augenblicklich stand eine Feuerwand um das alte Holz. Der Schuppen brannte lichterloh.
»Phantastisch!« sagte Peter. »Das dürfte reichen.«
Plötzlich zog Justus scharf die Luft ein und schrie: »Und

ob! Schnell – rein in die Mine! Jetzt ist mir klar, was Thurgood im Schuppen hat!«
Sie schlüpften in den Mineneingang, und die vier stolperten den schräg abfallenden Boden entlang.
»Hinlegen!« brüllte Justus.
Sie warfen sich zu Boden – und der Schuppen explodierte mit einem Getöse, das die Erde erzittern ließ!

Flucht!

Immer wieder knallte es, donnernd und ohrenbetäubend. Als es schließlich still wurde, kam der Widerhall dröhnend von den Bergen zurück. Allie und die Jungen taumelten aus der Mine ins Freie. Neben dem Eingang flackerten hell die Überreste des Schuppens, und glühende Splitter waren übers Gelände verstreut.
Peter kriegte den Mund nicht mehr zu. »Wir wollten doch nur ein harmloses Feuerchen machen!«
»Hätte ich mir denken müssen, daß Thurgood sein Dynamit in dem Schuppen verstaut hatte!« sagte Justus.
Als der Explosionsschock abgeebbt war, überstürzten sich die Ereignisse. Die Tür des ehemaligen Hüttenwerks sprang auf, und die beiden Mexikaner stürzten heraus. Sie setzten flink über den Zaun und verschwanden zwischen den Felsen am Hang über der Mine. Manny und Gasper kamen gerade aus dem Holzhaus gestolpert, als Thurgoods roter Geländewagen im Karacho durch das offenstehende Tor in den Hof einbog.
»Hallo – Mr. Thurgood!« brüllte Peter im Laufen. »Aufpassen! Die Burschen sind in Ihr Haus eingebrochen, und sie sind bewaffnet!«
Als Gasper drohend auf Peter losging, sprang Thurgood von seinem Wagen herunter und schwenkte eine Schrotflinte.

»Keine Bewegung!« donnerte er. »Einen Schritt weiter, und es ist aus mit euch beiden!«
Aber Gasper war zu schnell für ihn. Ehe Thurgood seinen Flintenlauf heben konnte, stürzte sich der Kerl auf Peter und packte ihn an der Schulter. Peter taumelte und spürte, wie ihm etwas Hartes ins Kreuz gedrückt wurde.
»Schmeiß die Knarre weg«, rief Gasper zu Thurgood hinüber, »oder ich schieß' den Jungen zusammen!«
Langsam ließ Thurgood das Gewehr sinken und zu Boden fallen. Manny lief herzu und hob es auf. Ein häßliches Grinsen überflog seine brutalen Züge. Sein Blick schweifte zu den anderen Kindern beim Mineneingang hinüber. »He, Kleine!« rief er. »Komm her!«
»Halt, warte!« Bob versuchte sich vor Allie zu stellen.
»Aus dem Weg, Junge!« befahl Manny. Mit erhobener Schrotflinte lief er hin, packte Allie und drehte ihr den Arm auf den Rücken. »Los jetzt!«
Plötzlich hörten sie den Heulton einer Sirene. Es war die Feuerwehr, die von Twin Lakes heraufkam.
Manny und Gasper sahen einander an und nahmen ihre Geiseln fester in den Griff.
»Die Straße hier...« Manny wies mit dem Kinn auf die arg zerfurchte Landstraße nach Hambone, die in der zunehmenden Dämmerung nur noch schwach zu erkennen war. »Wo geht's da hin, Kleine?«
»Nur... nur zu so 'ner alten Geisterstadt«, sagte Allie.
»Und was ist drüben, hinter dem Berg?«
»Da ist die Wüste.« Allie hatte sichtlich Angst, aber sie hielt die Ohren steif.
Gasper blickte zu Thurgoods Geländewagen hinüber. »Damit können wir's schaffen. Der hat Allradantrieb.«
»Das werden Sie bereuen!« rief Allie.
»Maul halten!« krächzte Gasper.
Nun konnten sie in der Ferne das Rumpeln der Feuerwehr hören. Wieder ertönte die Sirene.

»Los! In den Wagen!« Manny drängte Allie vor sich hinein, schubste sie auf den Rücksitz und stieg dann selbst ein. Peter landete auf der vorderen Sitzbank bei Gasper. Justus, Bob und Thurgood standen machtlos dabei. Der Wagen machte einen Satz und fuhr mit krachendem Getriebe aus dem Hof und die Steigung zur Straße nach Hambone hinauf.
Justus und Bob liefen dem roten Wagen hinterher durchs Tor. Gasper war ohne Licht losgefahren, und der Wagen entschwand bald zwischen den Kiefern am Berghang. Aus der anderen Richtung nahte mit Blaulicht die Feuerwehr. Mit heulender Sirene schwenkte der Wagen wenige Augenblicke später in Thurgoods Hof ein. Das Polizeiauto kam hinterhergerast und machte eine Vollbremsung.
Sheriff Tait stieg aus und besah sich den einstigen Schuppen, der nun ein glühender Scheiterhaufen war. »Alarmstufe eins ist schon abgeblasen, Sam«, sagte Sheriff zu dem Mann am Lenkrad des Feuerwehrautos. Dann ging Tait auf Wesley Thurgood zu. »Was ist denn passiert?« erkundigte er sich. »In der Stadt hörte es sich so an, als sei der Berg über Ihnen zusammengestürzt.«
Justus trat rasch vor. »Ich hab' den Schuppen angezündet«, sagte er. »Zwei Männer waren in Mr. Thurgoods Haus eingebrochen, und da wollte ich ein Signal geben – aber das spielt jetzt keine Rolle. Die Männer sind mit Allie Jamison und Peter Shaw abgehauen! Sie sind mit Mr. Thurgoods Geländewagen in Richtung Hambone losgefahren. Sie sind bewaffnet... und wie es scheint, zu allem entschlossen!«
Sheriff Tait starrte in die Dunkelheit hinaus, die nun die Berge einhüllte. »Allie ist entführt worden?«
»Ja, und unser Freund Peter Shaw auch«, wiederholte Justus. »Mit vorgehaltener Waffe!«
Der Sheriff rieb sich mit der mächtigen Pranke das Kinn. Er zog die Brauen zusammen. »Wie lange sind sie schon unterwegs?«
»Erst ein paar Minuten. Sie können sie noch einholen, wenn

Sie sich beeilen. Sie fahren ohne Licht, also kommen sie nicht so schnell voran.«
»Die werden schon aufdrehen, wenn sie mich hinten sehen. Und dann vielleicht von der Fahrbahn abkommen. Auf die Jagd zu machen, ist einfach zu gefährlich, weil sie doch die Kinder bei sich haben.«
»Dann passen Sie sie doch drüben überm Berg ab«, drängte Justus. »Wenn sie in Hambone durch sind, fahren sie sicher weiter. Wenn dann drüben hinterm Berg die Straße gesperrt ist...«
»Und welche Straße?« unterbrach ihn der Sheriff.
Justus erschrak heftig. »Gibt es denn mehr als eine Straße?«
»Mein Junge, wenn die erst mal in Hambone sind, können sie sich unter einem Dutzend verschiedener Straßen eine heraussuchen. Drüben auf der anderen Seite gibt es jede Menge Fahrwege durchs Gelände. Die zweigen alle in Hambone von der Hauptstraße ab und führen zu einzelnstehenden Häusern und ein paar alten Minen. Und dann schlängeln sie sich weiter durchs Gelände, bis zur Wüste. Die Burschen können sich wochenlang im Bergland verstecken, wenn sie es darauf anlegen.«
»Aber das können die doch nicht machen!« rief Bob. »Sie haben doch Peter und Allie dabei!«
Der Sheriff ging zu seinem Wagen und griff nach dem Mikrophon seiner Funksprechanlage. »In knapp einer halben Stunde kann ich einen Hubschrauber von der Verkehrspolizei kriegen«, sagte er. »Und ich sorge dafür, daß Streifenwagen drüben zum Berg kommen. Bleibt uns nur zu hoffen, die Banditen kommen nicht darauf, daß sie es schneller schaffen, wenn sie die beiden Geiseln unterwegs loswerden!«

Die Panne

Jim Hoover, der Hubschrauberpilot, grinste und nickte, während Justus und Bob auf ihn einredeten, er solle doch die Suche nach den flüchtenden Gangstern fortsetzen.

»Es gefällt mir nicht«, sagte Sheriff Tait mißmutig. »Das könnte gefährlich werden.« Aber er trat zur Seite, so daß die Jungen sich in den Hubschrauber zwängen und hinter den Sitzen für Pilot und Passagier hinknien konnten. Der Sheriff erklomm den Passagiersitz und legte sich ein Gewehr mit Zielfernrohr übers Knie.

»Alles klar?« fragte Hoover. Er hob die Maschine von der Straße bei Thurgoods Mine ab. Abgesehen von einer blassen Mondsichel war es nun stockdunkel. Sobald sie in der Luft waren, betätigte Hoover einen Schalter. Der blauweiße Strahl eines Suchscheinwerfers durchbohrte die Finsternis. »Hier können Sie den Lichtkegel steuern«, sagte Hoover zu Sheriff Tait. Er wies auf einen Hebel vor dem Sitz des Sheriffs.

Tait beugte sich vor. »Sie fahren bestimmt noch immer ohne Licht.« Er bewegte den Hebel, und der Lichtkegel unten glitt über den Berghang hin.

Sie sahen Felsen, riesige Blöcke, die groteske Schatten warfen. Sie sahen streckenweise das enge, gewundene Band der Straße, die von Twin Lakes nach Hambone führte. Zwischen den dunklen, immergrünen Bäumen, die sich auf jeder Seite dicht herzudrängten, erschien sie fast weiß.

»Wenn sie nicht im Graben landen, dann müssen sie wohl oder übel auf dieser Straße bleiben, mindestens bis Hambone«, sagte Hoover.

Der Hubschrauber schwenkte auf den Berg zu, und Justus drehte sich der Magen um. Mühsam holte er Luft.

»Nur mit der Ruhe, Junge«, sagte Hoover. »Denk einfach, du bist in einem Aufzug, der seitlich ausschert und nicht nur rauf und runter fährt.«

»Mir geht's gut«, erklärte Justus. »Ausgezeichnet sogar!«
Der Hubschrauber graste jeden Zollbreit Straße zwischen Twin Lakes und Hambone ab. Ein Wagen war nicht zu sehen.
»Mann, die hatten es aber eilig, wenn sie so schnell über den Berg gekommen sind«, sagte der Sheriff, als sie über den Bergkamm hinglitten. »Und auch noch ohne Licht!«
Bob war das unklar. Hatten Manny und Gasper das tatsächlich schon geschafft, den Aufstieg und den Abstieg? Oder hatte Gasper in der Dunkelheit den Wagen in den Graben gefahren? Waren Peter und Allie wohlauf? Oder lagen sie irgendwo da unten, eingeklemmt in einem Autowrack, möglicherweise verletzt?
Bob erschauerte leicht. Sheriff Tait spürte wohl seine geheimen Befürchtungen. »Keine Angst, mein Junge«, sagte er freundlich. »Mein Hilfssheriff und noch ein Beamter kommen mit einem Jeep die Straße entlang. Falls mit dem Wagen was passiert ist, finden sie ihn.«
Jim Hoover steuerte seine Maschine in niedriger Höhe über die Dächer von Hambone, und der Suchscheinwerfer tastete die unbebauten Flächen zwischen den baufälligen alten Häusern ab.
»Da – was ist das?« rief der Sheriff. »Da unten ist ein Wagen ... hinter dem alten Hüttenwerk von Hambone!«
Justus beugte sich vor. »Das ist Mrs. Macombers Transporter«, sagte er. »Heute nachmittag haben wir ihn da gefunden, einfach abgestellt. Und wo Mrs. Macomber ist, das wissen wir nicht.«

Wißt ihr es auch nicht?
Mrs. Macombers Rolle in unserem Fall ist leider noch ziemlich undurchschaubar. Da ist es keine leichte Aufgabe, ihr Motiv fürs Untertauchen und den Ort ihres Verbleibs auszuforschen.

»Was spielt sich hier eigentlich ab?« forschte Sheriff Tait.
»Das erkläre ich Ihnen alles später«, sagte Justus. »Jetzt müssen wir erst mal Allie und Peter finden.«
»Na, wenn sie schon durch Hambone durch sind, dann sind sie jetzt irgendwo auf dem Westhang, unten auf einer der kleinen Straßen«, sagte der Sheriff. »Aber ich hätte selber keine Ahnung, welche davon ich nehmen sollte, wenn ich mit zwei Kindern vor der Polizei flüchten müßte.«
»Das kriegen wir nur auf eine Weise heraus«, sagte Jim Hoover. Der Hubschrauber knatterte weiter, nach Westen, und überließ Hambone seinen Echos und seinen Geistern.
Allie und Peter saßen bei Manny und Gasper im Wagen und hörten oben den Hubschrauber. Der Suchscheinwerfer der Maschine glitt über die Baumwipfel und tastete die öde Straße ab, die zu der Ruinenstadt hinaufführte. Einen Augenblick lang erhellte er die immergrünen Bäume, worunter Gasper den Wagen abgestellt hatte.
Allie Jamison hielt den Atem an. Mit aller Kraft wünschte sie, die Fahnder im Hubschrauber sollten sie entdecken. »Bitte findet uns!« flehte sie insgeheim. »Bitte! Wir sind doch genau hier unter euch! Könnt ihr uns denn nicht sehen?«
Das Motorengeräusch des Hubschraubers wurde schwächer und verebbte dann. Gasper lachte hämisch. »Na, dann – weiter geht's!« Er legte den Gang ein, und der Geländewagen dröhnte und schütterte, als er aus der Senke neben der Fahrbahn herausholperte. Dann fuhren sie los, noch immer ohne Licht, weiter hinauf in Richtung Hambone.
»Wenn wir's schaffen und uns absetzen können, dann komm' ich nie wieder hierher.« Gaspers Stimme war düster. »Brächte uns auch ohnehin nichts ein. Wenn dieser Trottel von Thurgood das Zeug noch nicht gefunden hat, dann fängt er bestimmt jetzt an zu suchen. Das merkt ja der Dümmste, daß wir hinter einem großen Brocken her waren.«
»Was war denn der Anteil von Gilbert Morgan an der Beute, an der Viertelmillion?« fragte Allie.

Gasper trat auf die Bremse, und der Wagen kam quietschend zum Stehen. »Wer sagt da was von 'ner Viertelmillion?« fragte er grob. Als Allie nicht antwortete, zog er eine Zigarette aus der Tasche und zündete sie an. »Wir sollten die beiden da irgendwo rauswerfen«, sagte er zu Manny. »Irgendwo, wo sie keiner mehr findet.«

Allie hustete laut und wedelte den Zigarettenrauch vor ihrem Gesicht weg. »Ekelhafte Sitte, das Rauchen«, sagte sie. »Ruiniert die Lungen – falls Sie's noch nicht gemerkt haben – und macht die Stimme kaputt. Und es brächte Ihnen gar nichts ein, wenn Sie uns rauswerfen. Wir wissen Bescheid über den Raub in Phoenix vor fünf Jahren. Da gab es vier Gangster – drei Männer und eine Frau. Gilbert Morgan war einer von den Männern, stimmt's? Und Sie sind die beiden anderen. Das wissen wir, und Bob und Just wissen es auch.«

Manny stöhnte laut. »Die anderen zwei Lümmel. Und die haben wir laufen lassen!«

»Ganz schön dumm von Ihnen, was?« fragte Allie.

Manny hob die Schrotflinte, und Allie hielt den Mund.

Bald erreichten sie Hambone und fuhren dann wieder hangabwärts. Gasper ließ den Wagen rollen und bremste mit dem kleinsten Gang. Nach einer Weile kamen sie zu einer Stelle, wo die Hauptstraße nach rechts abbog und ein schmalerer, holpriger Fahrweg nach links führte. Gasper drückte seine Zigarette im bereits überquellenden Aschenbecher aus und wies auf die Hauptstraße. »Wo geht's da lang? fragte er Allie.

»Weiß ich nicht«, sagte Allie und wedelte sich den Qualm aus dem Gesicht. »Zur Wüste runter, nehme ich an.«

»Dann nimm die Seitenstraße«, befahl Manny. »Ich habe das Gefühl, daß unten an der Hauptstraße inzwischen so an die hundert Bullen auf uns warten.«

Gasper grunzte und lenkte den Wagen auf die schmalere Straße. Es war nicht viel mehr als eine doppelte Reifenspur, die sich zwischen Bäumen dahinschlängelte. Der Wagen scherte aus und holperte, aber Gasper hatte die Lenkung fest im Griff und kämpfte sich durch. Er warf eine frisch angezündete Zigarette aus dem Fenster und umklammerte das Lenkrad mit beiden Händen.

»Wenn Sie den Wald anzünden, hat uns die Autobahnstreife in einer Minute entdeckt!« sagte Allie gehässig. Gasper hatte mit der Lenkung alle Hände voll zu tun und konnte nicht antworten.

Es kam Peter und Allie so vor, als reisten sie eine Ewigkeit lang durchs Bergland. Hin und wieder sahen sie Holzhäuser, die sich dunkel und versteckt unter die Bäume duckten. Einmal kamen sie zu einer Ansiedlung, kleiner als Hambone und noch mehr in Trümmern. Ein Präriewolf sprang in langen Sätzen weg und verschwand im Schatten. Mehrmals sahen sie wieder den Suchscheinwerfer eines nahenden Hubschraubers, und Gasper fuhr dann jedesmal von der Fahrbahn herunter und wartete, bis er verschwunden war. Peter und Allie versuchten ein bißchen zu dösen, aber das Holpern des Wagens rüttelte sie immer wieder wach.

Eine Zeitlang sah es so aus, als gehe es immer weiter in die Höhe. Aber schließlich führte die Straße in Serpentinen den Berghang hinunter. »So, das hätten wir wohl geschafft.« Gaspers Hände hielten das Lenkrad umklammert. Der Mond war untergegangen, und nur noch das schwache Licht der Sterne, die den Himmel übersäten, wies den Weg. Die ausgefahrenen Spuren verzweigten sich und verliefen sich im festen Grund, und sie waren am Fuß des Bergrückens angelangt. Eine asphaltierte Schnellstraße führte quer zu ihnen vorüber. Dahinter lag die Einöde der Wüste.

Gasper stoppte den Wagen und hielt vorsichtig nach links und rechts Ausschau. Manny lachte leise. »Kein Bulle in Sicht«, sagte er. »Sag' ich's doch: die sind alle drüben an der Hauptstraße und warten dort auf uns.«

»Die können überall sein.« Gasper holte rauh Atem und hustete. »Die Straße paßt mir nicht«, entschied er dann mit einem Kopfnicken zu der asphaltierten Fahrbahn hin. Er legte den

ersten Gang ein, und der Wagen rollte zwischen den Bäumen hervor, überquerte die Straße und rumpelte in die Wüste.
»Autsch!« schrie Allie, als der Wagen in ein Schlagloch rutschte und sie nach vorn geschleudert wurde. »Das schafft die Kiste doch nie!«
»Halt die Klappe!« fauchte Gasper und drückte nervös die Zigarette aus, die er sich soeben angesteckt hatte. »Wenn wir stur hier langfahren, dann stoßen wir früher oder später auf eine andere Straße – und das muß eine sein, wo keine Bullen lauern.«
Die letzten Sterne verblaßten. Peter schaute zurück und sah hinter den Bergen einen schwachen Schimmer. Als die Sonne schließlich über dem Berggrat aufging, lag die Straße weit hinter ihnen und war nicht mehr zu sehen.
»Jetzt muß bald wieder eine Straße kommen«, murmelte Gasper. »Eine, die ganz woandershin –«
Er brach ab, weil der Wagen in ein großes Loch kippte und sie alle heftig nach einer Seite geschleudert wurden. Es gab ein lautes Zischen, und Dampf und Qualm von der Flüssigkeit im Kühler stiegen ihnen in die Nase.
»Verflixt!« Gasper stellte den Motor ab, sprang aus dem Wagen und lief vor. Da stand er und starrte auf die Räder, und eine Pfütze rostfarbenen Wassers färbte den hellen Staub unter dem Wagen dunkel.
»Was ist denn?« wollte Manny wissen.
»Der Kühler ist hin«, sagte Gasper. »Und die Vorderachse ist gebrochen!«
Manny stöhnte laut. »Du Vollidiot!«
Gasper kam an die Seite des Wagens und richtete seine Flinte auf Allie und Peter. »Also dann, raus mit euch! Wir marschieren zu Fuß weiter!«
»Sie sind ja verrückt!« rief Allie.
»Maul halten und los!« fauchte Gasper.
Allie und Peter stiegen aus. Hinterher kam Manny, der stehenblieb und über das ebene Ödland hinblickte. »Da lang«, ent-

schied er und zeigte nach vorn. »In diese Richtung gehen wir los und lassen die Berge immer schön hinter uns. Früher oder später kommen wir irgendwo hin.«

»Nein!« sagte Allie. »Hier draußen kann man meilenweit laufen und nirgends ankommen. Und wenn die Sonne erst höher steht, wird es hier in der Wüste irrsinnig heiß – weit über vierzig Grad. Wir müssen beim Wagen bleiben.«

»Wenn wir das machen, sind wir geliefert«, sagte Manny.

»Das sind wir, wenn wir weggehen«, widersprach Allie.

»Gebt Ruhe! Los jetzt!« brüllte Gasper.

»Nein.« Allie setzte sich auf den Boden. »Sie können mich totschießen, wenn Sie wollen, aber ich bleib' hier. Lieber laß ich mich erschießen, als daß ich an Hitzschlag sterbe oder verdurste!« Sie funkelte Manny und Gasper trotzig an.

Peter zögerte kurz. Dann setzte auch er sich neben das Auto in den Sand.

Gasper warf den beiden einen drohenden Blick zu. Seine Finger krümmten sich um den Gewehrkolben. Da drehte sich Manny energisch weg und stampfte durch die Wüste davon. Gasper schaute von Peter und Allie zur entschlossenen Gestalt seines Kumpans hinüber. Dann marschierte er Manny hinterher.

Mitten in der Wüste ausgesetzt

Droben in der Luft sahen Bob und Justus, wie sich die Berge in der Morgendämmerung rosa färbten. Sheriff Tait schaltete den Suchscheinwerfer ab und gähnte. Nach der durchwachten Nacht der Suche in den Bergen waren die Augen rotgerändert und schmerzten. Jim Hoover, der Pilot, gab sich einen Ruck und drehte noch eine Schleife über dem Bergkamm.
»Ich weiß nicht, wie sie über den Grat und aus den Bergen herausgekommen sind, ohne daß wir sie sehen konnten«, sagte Sheriff Tait. »Aber ich mache jede Wette, daß die nicht mehr hier im Bergland sind. Wir haben doch jeden Zollbreit abgeleuchtet.«
»Wo könnten sie aber dann sein?« fragte Bob. »Wenn sie auf der Hauptstraße herausgekommen wären, hätten die Streifenwagen sie geschnappt. Und der andere Hubschrauberpilot hat doch herübergefunkt, daß er die ganze Zeit die Schnellstraße überwacht hat.«
»Vielleicht wollten sie von vornherein in den Bergen bleiben«, sagte Justus. »Da unten gibt es doch lauter unbewohnte Ortschaften und jede Menge Bäume zum Drunterstellen.«
»Da könntest du recht haben, Justus«, sagte der Sheriff. »Aber ich möchte wetten, die sind auf einer der unbenutzten Straßen herausgekommen und quer durch die Wüste abgehauen. Schließlich haben sie keine Verpflegung dabei, und ohne Essen kommen sie nicht weit.«
»Könnten wir sie finden, wenn sie in der Wüste sind?« fragte Bob.
»Klar, wenn wir lange genug suchen«, antwortete der Sheriff. »Die Wüste ist groß, aber überschaubar. Versuchen wir's.«
Jim Hoover nickte und drehte nach Westen bei. Der Hubschrauber verließ das Bergland und flog über die Wüste hin. Allie fischte ein Kopftuch aus ihrer Jeanstasche und wischte sich damit die Stirn ab. Die Sonne brannte weißglühend hernie-

der. Allie war todmüde, aber zu verängstigt zum Schlafen. Zum fünften Mal an diesem Morgen ging sie um den Wagen herum und setzte sich dann erschöpft neben Peter, der im schrumpfenden Schatten des Wagens saß. »Es wird spät«, sagte sie. »Bald muß es Mittag sein. Warum haben die uns noch nicht gefunden?«

Peter nickte trübsinnig. »Und seit unserem Picknick gestern in Hambone haben wir nichts mehr gegessen. Ich bin am Verhungern.«

»Wie kannst du ans Essen denken?« fuhr Allie auf. »Mein Mund ist ganz ausgetrocknet, er fühlt sich an wie ein Kaktus!«

»Wenn der Kühler nicht kaputtgegangen wäre, könnten wir das Wasser trinken«, sagte Peter.

»Igitt!« machte Allie, und sie zog angewidert die Schultern hoch. Dann rief sie plötzlich: »Lieber Himmel! Was bin ich doch blöd!«

»Was hast du denn?« rief Peter erschrocken.

Allie sprang auf die Füße und zog die Schlüssel aus der Zündung. Sie öffnete das große Handschuhfach, stöberte darin herum und nahm den Verbandskasten heraus. Darin fand sie eine Schere.

»Was willst du damit?« fragte Peter, als Allie triumphierend die Schere schwang.

Sie zeigte auf einen Walzenkaktus in der Nähe. »Aus dem Kaktus da drüben können wir uns jeder ein Stück herausschneiden«, sagte sie. »In Kakteen ist immer ein Wasservorrat. Sie saugen es bei Regen auf und speichern es, damit sie Dürrezeiten überleben können. Ich weiß nicht, wieso mir das erst jetzt einfällt!«

»Besser spät als gar nicht!« sagte Peter. »Mann, ein bißchen was Feuchtes wär' jetzt wirklich nicht übel.« Er nahm die Schere und lief zu dem Kaktus hinüber. Er hieb auf die Pflanze mit der harten Haut ein, bis er zwei dicke Schnitten saftigen Fruchtfleisches herausgesäbelt hatte. Er gab Allie das eine Stück und biß selbst in das andere. Beide verzogen das Gesicht.

»Nun weiß ich erst nicht, was schlimmer ist«, sagte Peter. »Verdursten ... oder das hier!«
Allie kaute gemächlich alle Feuchtigkeit aus dem Kaktus und spuckte das Fruchtfleisch dann aus. Jetzt stand die Sonne fast senkrecht über ihnen. »Wir können uns unter dem Wagen verkriechen«, sagte Allie. »Wenn der Hubschrauber noch auf der Suche ist, finden sie ihn so oder so.«
Die beiden krochen in den Schatten unterm Wagen. »Hier drunter ist es tatsächlich kühler«, sagte Peter, als er sich ausstreckte und sich aufs Warten einrichtete.
Nun ging es Allie und Peter schon ein wenig besser, und ihre Lebensgeister erwachten wieder. Sie hörten den leisen Ruf eines Wüstenvogels und sahen eine Beutelratte den Kopf aus dem Sand stecken und dann davonflitzen. Ein paar Eidechsen huschten auf Nahrungssuche am Wagen vorüber. Ringsum schimmerte die ebene Einöde in der Sonnenhitze. Stunden schienen vergangen zu sein. Da hob Peter den Kopf. Auch Allie horchte auf. »Ich hab's auch gehört!« sagte sie. In weiter Ferne konnten sie das wohlbekannte Knattern eines Hubschraubers hören.
»Sie kommen!« rief Allie. Die beiden krochen unter dem Wagen hervor und liefen im Freien auf und ab. Aber das schwache Geknatter war schon wieder verebbt. Sie suchten den Himmel ab, sahen aber nur Bläue. »Ich hab' einen Hubschrauber gehört, das weiß ich genau«, sagte Allie.
Wieder horchten sie beide, aber nun hörten sie nichts mehr. »Oh, warum kommen die denn nicht?« jammerte Allie. »Mit uns geht's zu Ende, wenn sie nicht bald hier sind.«
»Hör auf damit, Allie«, sagte Peter. »Die finden uns – da bin ich ganz sicher.« Aber seine Stimme hörte sich nicht so zuversichtlich an wie seine Worte.
Dann hörten sie das Geräusch von neuem. Ein Hubschrauber kam aus der Ferne angeflogen. Peter und Allie hopsten auf und ab, schwenkten die Arme und brüllten wie irrsinig. »Wir sind hier!« schrie Allie. »Hier unten!«

Jetzt hatte man im Hubschrauber die beiden erspäht. Die Maschine schwenkte heran und flog auf sie zu. Als er sich langsam auf dem Sand niederließ, liefen Peter und Allie hin, geduckt vor den rotierenden Flügelblättern.
Sheriff Tait kletterte flink aus dem Hubschrauber. »Alles klar bei euch, Kinder?« forschte er.
»Uns geht's prima«, sagte Allie. »Wirklich!«
Peter zeigte über die Wüste hin. »Die Banditen sind da lang gegangen – zu Fuß!« sagte er.
»Sie haben sich zum Wandern entschlossen, nachdem sie das Auto kaputtgefahren hatten«, setzte Allie hinzu.
Der Sheriff lachte. »Dürfte ihnen bald leid tun.«
Justus und Bob wollten unbedingt aus dem Hubschrauber heraus und ihre Freunde zu sich holen. Aber der Sheriff erklomm rasch wieder den Vordersitz und sagte etwas zu Jim Hoover. Der Pilot nickte und sprach in sein Funkgerät. Dann lehnte er sich aus dem Fenster und rief Peter und Allie über dem Dröhnen des Motors zu: »Wir haben nicht genug Platz, um euch beide noch unterzukriegen. Aber ich hab' einen von den anderen Hubschraubern herzitiert. In fünf Minuten ist er da. Und wir schnappen uns jetzt eure Kidnapper!« Damit reichte er Peter einen Wasserkanister heraus, hob mit der Maschine ab und startete nach Westen auf der Suche nach Manny und Gasper.
Peter und Allie grinsten einander an.
»Wetten, die Ganoven kommen nicht weit«, sagte Allie befriedigt.

Das Geheimnis des Millionärs

Allie hatte recht. Eine Stunde später wurden in Twin Lakes Manny und Gasper eingeflogen und von einem Hubschrauberpiloten und einem Hilfssheriff im Gelände neben Wesley Thurgoods Holzhaus abgesetzt. Die Ganoven waren denkbar schlechter Laune, dazu sonnenbrandgeschädigt, voller Blasen an den Füßen und total erschöpft. Sie hatten es nur ein paar Meilen durch die Wüste geschafft und waren dann in der Hitze zusammengebrochen. Allie und Peter, die schon vorher nach Twin Lakes zurückgeflogen waren, grinsten triumphierend, als die Gangster in Handschellen aus der Maschine geführt wurden.

Gleich darauf kam auch Sheriff Tait mit Justus und Bob an. Jubelnd begrüßten die Jungen ihre Freunde und einen erleichterten Onkel Harry. Magdalena war auch da; sie verteilte geschäftig belegte Brote und kümmerte sich voll Mitgefühl um die beiden Mexikaner. Sie waren in der Nacht aufs Minengelände zurückgekehrt und saßen nun niedergeschlagen und verängstigt auf der Vortreppe zu Thurgoods Haus, und sie weigerten sich, mit jemand zu reden. Thurgoods Hund lag neben dem Haus an der Kette und hechelte friedlich. Thurgood selbst stand dabei; er sah angestrengt und verdutzt aus.

»Nun sind ja alle wieder da«, sagte er. »Würde mir vielleicht freundlicherweise jemand erklären, wer diese Männer sind« – er wies mit dem Kopf auf die gefesselten Verbrecher –, »und was hier passiert ist?«

Allie beachtete Thurgood überhaupt nicht. Sie wandte sich an Justus und rief: »Also hatten wir doch recht mit unserer Vermutung zu Gilbert Morgan! Er war an dem Überfall auf den Geldtransport in Phoenix vor fünf Jahren beteiligt – und die beiden Halunken waren auch dabei! Gestern abend, als wir über den Berg fuhren, haben sie es zugegeben.«

»Wir haben überhaupt nichts gesagt«, erklärte Manny.
»Oh doch, das haben Sie«, sagte Allie. »Als ich Ihnen sagte, wir wüßten Bescheid wegen des Überfalls, da sagten Sie, Sie sollten uns rauswerfen. Vom Hals schaffen, nehme ich an. Das ist doch so gut, als hätten Sie's zugegeben!«
Justus Jonas lächelte wie ein zufriedener Posaunenengel. »Also hatten wir doch recht mit unserer Rekonstruktion des Falles«, sagte er. »Alles fügt sich zum Gesamtbild.«
»Wovon redet ihr eigentlich?« wollte Sheriff Tait wissen.
»Vielleicht bist du so nett, uns einzuweihen, Justus«, sagte Onkel Harry. »Ich tappe noch im dunkeln – genau wie die anderen.«
»Ich kann's ja mal versuchen«, sagte Justus mit sichtlichem Vergnügen. Er schlang den letzten Bissen seiner Schnitte hinunter und holte tief Luft.
»Nachdem der Tote in der Mine als ein auf Bewährung entlassener, jedoch untergetauchter Strafgefangener identifiziert worden war – nämlich ein Gewalttäter –, da fragten wir uns, was ein solcher Zeitgenosse an einem so abgelegenen Ort wie Twin Lakes zu suchen hatte. Was hatte ihn zur ›Todesfalle‹ gelockt? Also gingen wir die alten Ausgaben der ›Twin Lakes Gazette‹ durch und stellten fest, daß sich hier vor fünf Jahren mehrere interessante Vorfälle ereignet hatten.
Wir wußten, daß vor fünf Jahren Gilbert Morgans Leiche in der Mine eingeschlossen worden war. Am gleichen Tag, als die Mine abgeriegelt wurde, entdeckte man in der Nähe einen gestohlenen Wagen aus Lordsburg. Wir konnten nur vermuten, daß Morgan mit diesem Wagen hergekommen war. Also versuchten wir, Morgans Spur in Lordsburg ausfindig zu machen, aber wir fanden nur eine Nachricht in der Lokalzeitung von Lordsburg, die über die Absperrung der Mine berichtete.
Vor fünf Jahren kam Mrs. Macomber nach Twin Lakes zurück und kaufte sich ihren heutigen Besitz. In einem ihrer leerstehenden Häuser fanden wir die fünf Jahre alte Ausgabe einer

Zeitung aus Phoenix, mit dem Bericht über einen Überfall – einen Überfall, der drei Männern und einer Frau mindestens eine Viertelmillion Dollar eingebracht hatte. Diese Zeitung war nur wenige Tage älter als der Bericht zur Absperrung der Mine, die mehrere Monate vor Mrs. Macombers Einzug auf ihrem Besitz stattfand. Es schien durchaus im Rahmen des Möglichen, daß Gilbert Morgan diese Zeitung hergebracht hatte – daß er also in jenem Haus gewesen war, ehe er in die Mine ging. Wir schlossen daraus, daß Morgan einer der am Überfall Beteiligten war. Inzwischen wissen wir das sicher – und daß Sie die beiden anderen sind.« Justus grinste Manny und Gasper an.
»Als man vorige Woche in der Mine die Leiche fand, wimmelte die Gegend nur so von Schaulustigen. Sie, Gasper, kamen auch um diese Zeit her – als Sie von der Entdeckung der Leiche hörten. Sie versteckten sich in Harrison Osbornes Scheune, und als wir Sie darin stellten, griffen Sie Peter mit einer Machete an. Aber Sie waren auf der Suche nach etwas Bestimmtem. Sie mußten noch bleiben. Also trieben Sie sich weiterhin hier herum, vielleicht auf Mrs. Macombers Besitz. Ich bin sicher, daß Sie der Bursche waren, der aus ihrer Küche Lebensmittel klaute und eine Zigarettenkippe in ihrem Spülbecken zurückließ. Oder hat Mrs. Macomber Ihnen aus freien Stücken zu essen gegeben?«
Gasper blieb die Antwort schuldig.
»Na, egal«, sagte Justus. »Manny muß auch irgendwo in der Nähe gesteckt haben, aber von ihm haben wir nie eine Spur gesehen. Vermutlich mußten Sie, Gasper, Schmiere stehen. Gestern abend war die Luft rein. Alle aus der Umgebung waren fort. Also betäubten Sie Thurgoods Hund mit präpariertem Fleisch, gingen hin und holten Manny, und dann wollten Sie zusammen Morgans Anteil an der Beute aus dem Raubüberfall suchen.«
Justus wandte sich an Wesley Thurgood. »Sie haben das Geld in der Mine nicht gefunden, Mr. Thurgood, oder doch?«

Thurgood schüttelte den Kopf. »Tut mir leid, Junge, aber da bist du auf ganz falscher Fährte. Ich gebe zu, daß ich die Mine nicht von vorn bis hinten durchsucht habe, als ich sie wieder aufmachte. Aber der Sheriff war drin und holte das nach, als die Leiche des Verbrechers gefunden worden war. In dieser Mine gibt es nichts.«
»Nichts, Mr. Thurgood?« sagte Justus. Er zog ein Steinchen aus der Tasche und warf es in die Luft. »Nicht mal... nicht mal Gold?«
Thurgood sah verwirrt drein.
»Gold?« fragte Sheriff Tait. »Gold hat es doch in der alten ›Todesfalle‹ überhaupt noch nie gegeben.«
»Aber jetzt ist Gold drin«, sagte Justus. »Den Stein hier habe ich in der Mine gefunden – an dem Tag, als Allie Morgans Leiche entdeckt hatte. Ich hab' ihn einem Juwelier in Lordsburg gezeigt. Er sagte, die Ader aus glänzendem rötlichem Metall darin sei tatsächlich Gold – Gold mit einem hohen Kupferanteil.«
Der Sheriff sah ganz verdutzt aus. »Aber... aber wenn es in der ›Todesfalle‹ Gold gibt, warum hat es dann noch nie einer entdeckt?«
Justus faßte noch einmal in seine Tasche und holte ein weiteres Körnchen glänzenden Metalls heraus. Das reichte er dem Sheriff. »Weil noch keines drin war, als Mr. Thurgood die Mine kaufte«, sagte Justus. »Als wir gestern abend in der Mine waren, hab' ich das hier gefunden. Es steckte in der Stollenwand, mit einer ganzen Anzahl anderer Metallpartikel. Wenn Sie es genau untersuchen, sehen Sie, daß es grünliches Gold ist – wahrscheinlich Gold mit einem hohen Silberanteil in der Legierung.« Justus wippte auf den Fersen.
»Als wir gestern abend die Berge nach Allie und Peter absuchten, begann ich mir über diese zwei Stückchen Gold Gedanken zu machen. Ich wußte, daß Gold oft in Legierung mit anderen Metallen vorkommt – wie zum Beispiel Kupfer oder Silber –, aber ich hatte Zweifel daran, ob zwei völlig voneinander

verschiedene Legierungen so nahe beisammen auftreten konnten. Ich machte mir auch Gedanken über den Schuß, den wir in der Mine gehört hatten, und die dauernden Sprengungen. Also habe ich mir das grünliche Goldstück mal näher unter die Lupe genommen. Wenn Sie es ebenso machen, Sheriff Tait, dann werden Sie feststellen, daß das nicht schon immer ein Einsprengsel in der Stollenwand der Todesfallen-Mine war.«

Der Sheriff hielt das Metallklümpchen hoch und sah es mit zusammengekniffenen Augen an. »Da – da ist ja was darauf eingeprägt!« rief er.

Justus Jonas nickte triumphierend. »Ein Muster aus Orangenblüten. Das Gold hier gehörte einmal zu einem Ehering!«

Aha. Das also ist die Lösung der unerwarteten Goldfunde in der Silbergrube. Nur – wie kommt ein Teil eines Eheringes in die Wand eines Minenstollens? Hat ein Besucher mit dem Ringfinger heftig am Stein entlanggestreift? (Erscheint mir sehr weit hergeholt, diese Erklärung.)

Thurgood trat vor. »Wo hast du das her?« fragte er barsch. »Wo hast du das eigentlich her? Komm mir nur nicht mit der Behauptung, es stammt aus meiner Mine!«

»Das brauche ich gar nicht erst zu behaupten«, sagte Justus. »Eins weiß ich sicher: wenn Sie ein solch unordentlicher Mensch sind, daß Sie bei Ihrem flotten Betrug Teile von altem Schmuck verwenden, dann gibt es da in der Grubenwand noch andere verräterische Spuren davon. Der Sheriff braucht nur hinzugehen und nachzusehen.«

Er wandte sich an den Sheriff. »Mr. Thurgood hat einen uralten Betrügertrick angewendet«, sagte Justus. »Er hat seine Mine ›gesalzen‹. Er hat eine Schrotflinte mit winzigen Goldstückchen geladen, die Partikel in die Grubenwand geschossen und dann Interessenten eingeladen, um ihnen seinen ›Goldfund‹ zu zeigen. Er ließ seine mexikanischen Arbeiter jedesmal mit Dynamit sprengen, wenn er Besuch anschleppte, damit es so aussah, als werde in der Mine tatsächlich Gold abgebaut. Ich vermute, die Geneppten kamen mit dem Flugzeug nach Lordsburg, und Thurgood holte sie dort ab. Dann fuhr er sie zur Todesfallen-Mine und überredete sie dazu, Geld in die Mine zu investieren.«

»Aber da stimmt doch was nicht«, unterbrach Onkel Harry. »Wesley Thurgood hat doch im Immobiliengeschäft schon ein Vermögen verdient. Wieso sollte er da noch mit so einem abwegigen Trick operieren und eine Mine ›salzen‹?«

Thurgood feixte höhnisch. »Ganz einfach. Ich hab's nicht getan. Schon die Vorstellung ist absolut lächerlich.«

»Aber wenn wir in die Mine hineingehen, werden wir ja sehen ...« fing Justus an.

»Gar nirgends wirst du hineingehen!« schrie Thurgood plötzlich. Sein Gesicht war jetzt gerötet und zornig. Sein Blick schoß zum Mineneingang hin. »Ich werde meinen Anwalt anrufen. Bis dahin bringt mir jeder, der einen Fuß in meine Mine setzen will, einen Durchsuchungsbefehl, sonst zeige ich ihn an.«

»Ihren Anwalt können Sie aus der Haft anrufen«, sagte Sheriff Tait. Seine Augen waren eiskalt. »Ich habe genug Verdachtsmomente gegen Sie, um Sie in Untersuchungshaft zu nehmen – und einen Durchsuchungsbefehl kriege ich obendrein.«

»Dann glauben Sie etwa, was der verrückte Bengel da sagt?« rief Thurgood.

»Mir erscheint er nicht verrückt«, sagte der Sheriff.

»Vielen Dank, Sheriff Tait«, sagte Justus. »Und jetzt wäre da noch ein Punkt, in dem ich gern klar sehen möchte.«

Er wandte sich an Manny und Gasper.

»Wo ist Mrs. Macomber?« fragte Justus. »Sie wartet wohl irgendwo auf Sie beide!«

»Mrs. Macomber?« wiederholte Manny mit verständnisloser Miene.

»Die komische Alte, der die Häuser da drüben gehören«, erklärte Gasper. »Die heißt Macomber.«
Ein Ausdruck der Verwunderung erschien auf Justs Gesicht. »Soll das... soll das heißen, Sie kennen sie gar nicht? Sie kennen sie wirklich nicht?«
Manny zuckte die Achseln.
Justus zupfte heftig an seiner Unterlippe. »Wir hatten Mrs. Macomber im Verdacht, sie sei das vierte Bandenmitglied bei dem Raubüberfall in Phoenix gewesen. Aber wir hatten keinen stichhaltigen Beweis und konnten sie nicht mit dem Überfall in Verbindung bringen. Eigentlich paßte lediglich die Beschreibung der Fahrerin des Fluchtautos auf sie. Die allerdings ganz genau. Und etwa zur Zeit des Überfalls ist sie aus Phoenix verschwunden. Und dann, als sie erfuhr, daß wir den Fall Morgan untersuchen, ist sie zum zweiten Mal verschwunden.«
Da legte Thurgood los: »Ich sag's ja – der Junge spinnt! Wie kann man Mrs. Macomber verdächtigen, mit solchen Ganoven unter einer Decke zu stecken?« Und wieder schweifte Thurgoods Blick, ihm selbst unbewußt, zum Mineneingang.
»Wenn ich spinne, warum schwitzen Sie dann so, Thurgood?« fragte Justus gelassen.
Und plötzlich schlug sich Justus mit der flachen Hand vor die Stirn. »Was bin ich doch für ein Idiot!« rief er. »Ich dachte, Mrs. Macomber sei verschwunden, weil sie an dem Überfall beteiligt war. Aber so war es eben nicht, stimmt's, Thurgood? Sie ist verschwunden, weil sie *Sie* durchschaut hatte! Sie wußte etwas von Ihnen, das nicht herauskommen sollte. Was ist mit ihr passiert, Thurgood? Wo ist Mrs. Macomber?«
Thurgood schluckte. »Woher soll ich das wissen?« Er begann unauffällig auf die Mine zuzugehen. Justus wirbelte herum, war mit einem Satz beim Wagen des Sheriffs und schnappte sich daraus eine lichtstarke Taschenlampe. Und dann rannte er zum Mineneingang.
Der Sheriff zeigte auf Thurgood. »Den Mann nicht aus den Augen lassen!« rief er seinem Hilfssheriff zu. Dann folgte

er zusammen mit Allie, Onkel Harry, Peter und Bob dem Ersten Detektiv in die Todesfallen-Mine.
Justus war schon weit voraus, und die anderen stolperten seinem Lichtkegel hinterher, als er den Stollen entlanglief und an der Gabelung nach links einbog. Unterwegs kam er an der Stelle vorüber, wo goldene Pünktchen kurz im Licht aufglommen.
Bob und Peter waren dicht aufgerückt, als Justus geduckt in den schmalen Tunnel schlüpfte, der seitlich abzweigte – den Tunnel, der Allie zu dem toten Dieb geführt hatte. Am Ende dieses Ganges blieben sie stehen und schauten in die Grube hinunter. Da unten – mit Fesseln und Knebel, aber in erbittertem Kampf gegen beides – lag die vermißte Dame.

Wo ist die Beute?

Als Mrs. Macomber die Gruppe über sich sah, blitzten ihre Augen. Rasch holte Sheriff Tait die Leiter und stieg zu ihr in den Schacht hinunter.
»Höchste Zeit«, sagte sie, kaum daß er ihr den Knebel abgenommen hatte. »Ich dachte schon, da kommt überhaupt niemand mehr.«
Als sie von den Fesseln befreit war, stand sie ganz ruhig auf, wischte sich den Staub ab und stieg ohne Hilfe die Leiter hinauf. Der Sheriff kam hinterdrein und trug den Koffer, der bei ihr im Schacht gelegen hatte.
»Wo ist der Kerl?« fragte sie zornig.
»Wesley Thurgood?« fragte Justus.
»Er ist nicht Wesley Thurgood!« sagte Mrs. Macomber. »Mir ist gerade noch rechtzeitig eingefallen, was an Thurgood als Baby so Besonderes war. Als er auf die Welt kam, hatte er

braune Augen. Und kaum ein Kind kommt mit braunen Augen zur Welt. Die meisten haben blaue Augen, und wenn sie später braune Augen bekommen sollen, dann wechselt die Farbe nach einer Weile. Aber der kleine Wesley Thurgood hatte von Anfang an braune Augen, und die wechseln ihre Farbe nicht mehr! Und dieser Mann hat blaue Augen – er ist ein Betrüger durch und durch!«

»Und das haben Sie ihm wahrscheinlich auf den Kopf zugesagt!« meinte Justus.

»Na ja, ich hab' ihn gefragt, was er denn vorhat. Und plötzlich bedroht mich der Kerl mit einer Schrotflinte. Er hat mich gezwungen, hier herunterzusteigen, und dann hat er meinen Koffer hinterhergeworfen. Wo ist er jetzt?«

»Draußen«, sagte der Sheriff. »Und bald wird er hinter Schloß und Riegel sein.«

»Der gehört auf den Mond geschossen!« ereiferte sich Mrs. Macomber.

»Auch nicht schlecht, nur ist das im Augenblick nicht drin.«

Und kurze Zeit darauf war der Sheriff mit dem falschen Wesley Thurgood sowie Manny und Gasper weggefahren.

Am Spätnachmittag kam Sheriff Tait zur Weihnachtsbaum-Farm zurück. Onkel Harry und Magdalena waren nach Hambone gefahren, um Mrs. Macombers Transporter abzuholen. Die Frau saß inzwischen bei einer Tasse Tee in Harry Osbornes Wohnzimmer.

»Na?« sagte sie, als sie den Sheriff sah.

Der Sheriff grinste sie an, und dann blinzelte er Allie und den drei ??? zu. »Ihr Gören hattet also recht«, sagte er. »Die beiden Gangster haben ihre Beteiligung an dem Raubüberfall auf den Geldtransport vor fünf Jahren eingestanden. Aber das ist noch lange nicht alles. Sie stehen auch in vier anderen Bundesstaaten wegen weiterer Raubzüge auf der Fahndungsliste, und wir werden außerdem Anklage wegen Entführung erheben. Und wie ihr vermutet hattet, gehörte auch Gilbert Morgan zur Bande.«

»Aber was ist mit diesem Halunken, dem sogenannten Thurgood?« wollte Mrs. Macomber wissen.

»Der wartet noch auf seinen Anwalt, und den hat er auch dringend nötig. Wir haben seine Fingerabdrücke nach Washington durchgefunkt. Ich vermute, er ist ein Betrüger großen Stils mit einer ganzen Latte Vorstrafen. Die Burschen stehen alle bei uns in der Kartei, wie schlau sie es auch anstellen. Natürlich ist er nicht Thurgood. Ich habe mich in Los Angeles erkundigt und mich mit dem echten Wesley Thurgood unterhalten.«

»Ich hab's doch von Anfang an gesagt: der ist ein Schwindler!« krähte Allie. »Ihr hättet eben auf mich hören sollen – erst recht, als er dann noch gelogen hat und uns weismachen wollte, sein Oldtimer sei im Film ›Die Glücksjäger‹ verwendet worden.«

»Das spielt jetzt keine Rolle mehr«, sagte Sheriff Tait. »Ich habe einen Durchsuchungsbefehl, und ich werde mir das Anwesen gründlich vornehmen.«

»Suchen Sie noch mehr Beweise?« fragte Bob.

»Ja, und vor allem suche ich eine Viertelmillion Dollar!« sagte der Sheriff.

Er hielt inne, um seinen Worten mehr Nachdruck zu verleihen, und fuhr dann fort. »Laut Manny Ellis und Gasper – er heißt richtig Charlie Lambert – waren auch Gilbert Morgan und eine Frau namens Hannah Troy an dem Raubüberfall in Phoenix beteiligt. Die Frau saß am Lenkrad des Fluchtwagens. Sie sitzt zur Zeit im Gefängnis, andernfalls wäre sie sicher mit Ellis und Lambert hierher gekommen. Sie gingen damals alle geradewegs nach Lordsburg und suchten Unterschlupf in einem Motel am Stadtrand. Aber am nächsten Tag setzte sich Morgan heimlich ab und zwar mit der gesamten Beute – 250 000 Dollar! Ellis und Lambert hörten nie mehr etwas von Morgan, bis seine Leiche in der Mine entdeckt wurde. Da kamen sie her, weil sie annahmen, die Beute müsse noch hier sein, und dasselbe nehme ich auch an.«

»Aber woher wissen Sie so genau, daß der falsche Thurgood das Geld nicht entdeckt und anderweitig versteckt hat?« wandte Peter ein.
»Kaum anzunehmen«, meinte Justus dazu. »Wenn er das Geld gefunden hätte, warum hätte er dann überhaupt noch hierbleiben und das ganze Risiko mit seiner falschen Goldmine auf sich nehmen sollen? Überlegt doch mal: Nachdem Morgans Leiche entdeckt worden war, wimmelte es auf dem Gelände von Schaulustigen. Sheriff Tait ging ein und aus. Aber Thurgood holte sich die beiden Mexikaner und brachte seine Klienten her und sprengte in der Mine mit Dynamit. Wenn ich 250 000 Dollar gefunden hätte, dann wäre ich auf der Stelle mit dem Geld abgehauen!«
»Ich auch«, sagte der Sheriff. »Deshalb meine ich ja, das Geld ist hier noch irgendwo. Wo allerdings – das ist die Frage. Ich weiß genau, daß es nicht in der Mine ist, weil ich die nach dem Leichenfund gründlich durchsucht habe. Aber vielleicht hat Morgan die Beute in einem der alten Schuppen beim Hüttenwerk versteckt – die standen ja damals schon leer.«
»Oder er hat das Geld in einem von Mrs. Macombers Häusern untergebracht«, meinte Allie.
»Oho – da müßten wir mal nachsehen!« rief Peter. »Eine Viertelmillion!«
Alle machten sich sogleich an die Arbeit. Erst durchsuchten sie jedes Haus von Mrs. Macomber. In einem von ihnen war Harrison Osbornes verschwundene Machete unter einem Sofa versteckt, aber Geld fanden sie keines. Sie spähten bei dem verfallenen alten Werksgebäude und bei »Thurgoods« Holzhaus in jeden Winkel. Dann filzten sie »Wesley Thurgoods« Inventar durch. Sie fanden zwar säuberlich geordnete Kontoauszüge und dazu Namens- und Adressenlisten – vermutlich von »Thurgoods« hereingelegten Investoren –, aber sie fanden nichts, das auch nur entfernt auf eine Viertelmillion versteckter Dollars hindeutete.

»Eine Chance haben wir noch.« Justus wies über die Felder zu Onkel Harrys Scheune. »Das ist das einzige Gebäude, das vor fünf Jahren, als Gilbert Morgan hierherkam, sonst noch stand. Gasper hat schon versucht, dort nachzuforschen, aber dabei verscheuchten wir ihn. Morgan hat das Geld vielleicht woanders versteckt oder es möglicherweise auch vergraben, aber nehmen wir uns die Scheune doch wenigstens vor.«

Erst bot die Scheune scheinbar wenige Möglichkeiten für ein Versteck. Die Wände waren simple Holzplanken, an Pfosten genagelt. Der Fußboden war festgestampftes Erdreich, und der Speicher war leer bis auf Staub und Spinnweben. Allie stieg in den Ford-Oldtimer und stöberte lustlos darin herum.

»Vielleicht hatte Morgan das Geld auch gar nicht bei sich, als er nach Twin Lakes kam«, sagte sie.

Sie setzte sich in den Wagen, und dann war sie plötzlich überrascht und rutschte auf dem Sitz herum. »Der Sitz ist ja gar nicht festgestellt.«

»Der Sitz?« rief Justus. »Steig mal aus, Allie.«

»Himmel!« Sie sprang aus dem Auto.

Peter und Justus hoben flink den Autositz an und kippten ihn nach hinten.

»Da steckt also das Zeug!« sagte Justus triumphierend.

Sheriff Tait trat an das alte Auto. In dem Hohlraum unter dem Sitz waren Dutzende von Päckchen, in Plastikfolie gehüllt. Der Sheriff hob eines auf und öffnete es – und sah ein Bündel Zwanzig-Dollar-Scheine vor sich. Sie sahen ganz neu aus, unberührt und unzerknittert.

»Wie lange braucht man wohl, um auf 250000 zu zählen?« meinte Peter.

»Na, sicher 'ne ganze Weile«, sagte der Sheriff. »Ich werde mir schön Zeit lassen beim Zählen!«

Souvenir für Alfred Hitchcock

Als die drei ??? ein paar Tage nach ihrer Rückkehr nach Kalifornien Alfred Hitchcocks Büro betraten, beäugte sie der große Filmregisseur mit heiterer Ironie. »Am Telefon sagtet ihr mir nur, ihr wärt in New Mexico gewesen und hättet Weihnachtsbäume geschnitten«, sagte er. »Aber da ihr mich unbedingt ganz schnell besuchen wolltet, vermute ich, daß ihr es geschafft habt, aus einem eintönigen Sommerjob ein Abenteuer zwischen immergrünen Nadelhölzern zu machen.«
Bob grinste und reichte dem Regisseur einen Schnellhefter.
»Aha!« sagte Alfred Hitchcock, und dann machte er sich ans Durchlesen des Protokolls, das Bob über die Ereignisse um die Todesfallen-Mine angefertigt hatte. Als er die Lektüre beendet hatte, warf er Justus Jonas einen vorwurfsvollen Blick zu.
»Ich will nur hoffen, daß ihr euch tüchtig schämt«, sagte Mr. Hitchcock. »Mrs. Macomber so gemein zu verdächtigen! Wo war übrigens die untadelige Dame in der Zwischenzeit, als sie aus diesem Laden in Phoenix weggelaufen war, bis sie dann in Twin Lakes auftauchte? Und woher hatte sie das Geld, um sich den Grundbesitz zu kaufen?«
»Das Geld hat sie geerbt«, sagte Justus. »Sie hatte eine alte Tante, die plötzlich schwer krank wurde und sie zu sich rief. Sie gab ihre Anstellung auf, ohne zu kündigen, weil es so dringend war und auch weil sie die Geschäftsinhaberin nicht leiden mochte und ihr nicht lang und breit alles auseinandersetzen wollte. Zwischen Mai und September war sie in El Paso und pflegte ihre Tante. Schließlich starb die Tante – sie war schon sehr alt – und hinterließ ihr ganzes Vermögen Mrs. Macomber.«
Mr. Hitchcock nickte. »Es wird einem warm ums Herz, wenn Tugend so belohnt wird. Mrs. Macomber scheint mir eine reizende Dame zu sein, die nicht so schnell die Nerven verliert.

Bestimmt hat sie sich von ihrem Zwangsaufenthalt in der Grube rasch wieder erholt. Und der Mann, der sich als Thurgood ausgab, muß sich wohl vor Gericht verantworten?«

»Ja, und das gleich zu mehreren Anklagepunkten«, sagte Justus. »Wie der Sheriff vermutet hatte, ist er ein durchtriebener Betrüger. Er heißt in Wirklichkeit John Manchester und ist auf Aktienschwindel spezialisiert. Seine Opfer bei der ›Todesfalle‹ waren reiche Leute aus Dallas. Manchester hatte sie dort in einem Club kennengelernt, sich selbst als Thurgood ausgegeben und sie davon zu überzeugen vermocht, daß er eine sagenhaft ergiebige Goldader in der alten ›Todesfalle‹ aufgespürt hatte. Er benutzte gefälschte Urkunden, um sich unter dem falschen Namen bei Onkel Harry und einer Bank in Lordsburg Eingang zu verschaffen, und dann verhökerte er gefälschte Aktien an die Dummen, die sich zur Besichtigung seiner Mine einfanden. Manchesters eigene Investitionen in das Projekt ›Todesfalle‹ waren bescheiden. Als Anzahlung für das Grundstück gab er Harrison Osborne tausend Dollar, und fünfundzwanzigtausend wollte er abstottern. Mit dem Ratenvertrag hatte er freilich nichts im Sinn. Er wollte seinen Opfern das Geld abnehmen, dann sein Bankkonto abräumen und verschwinden. Das war seine Masche, die er schon oft ausprobiert hatte.«

Nun berichtete Bob weiter. »Aber diesmal kam ihm Mrs. Macomber in die Quere«, sagte er. »Als sie Manchester als Schwindler entlarvt hatte, schickte er sie in die Grube und fuhr ihren Transporter nach Hambone. Dort ließ er ihn stehen und marschierte zu Fuß nach Twin Lakes zurück. Die Leute sollten glauben, sie sei in Urlaub gefahren. Deshalb packte er auch ihren Koffer. Nach unserer Meinung hatte er nicht vor, sie allzu lange in der Mine liegenzulassen oder ihr was anzutun. Er brauchte einfach noch ein wenig Zeit, um mit seinem Minenschwindel zu Rande zu kommen. Aber dann ging alles so schnell, daß er doch nicht mehr fertig wurde. Dafür sorgten Manny und Gasper!«

»Und die Mexikaner?« fragte Alfred Hitchcock. »Die wußten doch sicherlich nicht Bescheid.«
»Nein, die nicht«, antwortete Justus. »Manchester brauchte eben Arbeiter, damit es so aussah, als baue er in der Mine Erz ab. Er ließ sie den Zaun ziehen und das Haus anstreichen, damit alle glauben sollten, er wolle sich in Twin Lakes niederlassen. Die Männer waren illegal über die Grenze gekommen. Also trauten sie sich nicht, mit anderen zu reden, und genau das hatte Manchester einkalkuliert.«
»Aber für die beiden ist dann doch alles gut gegangen«, sagte Bob. »Onkel Harry hat sich mit den Behörden geeinigt, und sie dürfen nun legal in Twin Lakes bleiben und bei ihm Weihnachtsbäume stutzen. Und den Hund hat Magdalena zu sich genommen. Sie hat ihn gefüttert und gepflegt, und jetzt ist er so zahm wie ein Schoßhündchen und schläft auf ihrem Bettvorleger.«
»Das ist ja reizend«, sagte Mr. Hitchcock. Dann lehnte sich der Filmregisseur in seinem Schreibtischsessel zurück. »Ein äußerst interessanter Fall«, meinte er nachdenklich. »Unbefriedigend ist nur, daß er nie genau aufgeklärt wird.«
»Was soll das heißen?« wehrte sich Peter. »Wir haben ihn doch gelöst!«
»In allen wesentlichen Punkten ja«, entgegnete Mr. Hitchcock. »Aber es ist doch so, daß kein Mensch je erfahren wird, was sich in Wahrheit abgespielt hat, als Gilbert Morgan vor fünf Jahren nach Twin Lakes kam, und weshalb er die Beute aus dem Raubüberfall in dem alten Ford versteckt hat.«
»Das nicht«, bestätigte Justus. »Morgan hatte vielleicht den Oldtimer nur als Übergangsversteck für das Geld gewählt und ging dann in die Mine, um einen sichereren Platz zu suchen. Hat er noch gelebt, als die Mine verbarrikadiert wurde, oder war er da schon tot? Das werden wir nie erfahren. Übrigens sind wir ganz sicher, daß Manchester die Leiche sofort entdeckte, als er die Mine wieder öffnete. Wahrscheinlich hatte er vor, diesen Tunnel durch eine Sprengung zu blockieren

– er wollte schließlich nicht dadurch auffallen, daß er einen Leichenfund zu melden hatte. Kein Wunder, daß er vor Wut rot sah, als er Allie in der ›Todesfalle‹ erwischte. Und da sich die ›Todesfalle‹ als eine so außergewöhnliche Erzgrube erwiesen hat, haben wir Ihnen von dort ein Souvenir mitgebracht.«
Justus reichte dem Regisseur ein Klümpchen, das dieser mit Interesse betrachtete. »Ein Goldkorn!« sagte Alfred Hitchcock. »Vielen Dank. Das werde ich gut verwahren. Nicht jeder hat ein echtes Goldkorn mit eingravierten Orangenblüten.«
»Allie hat auch so eines«, sagte Peter.
»Das hat sie verdient, finde ich«, erklärte Mr. Hitchcock.
»Aber sicher. Sie ist in Ordnung, und sie hat den richtigen Riecher. Ich meine, sie kennt sich mit Menschen aus. Nur ist sie so verflixt... so verflixt...«
»Aktiv?« sagte Alfred Hitchcock.
»So könnte man's nennen. Und im Zweifelsfall reiß' ich mich nicht um ihre Gesellschaft – sie ist nämlich eine richtige Nervensäge!«

Schauermärchen für Gruselfreunde!

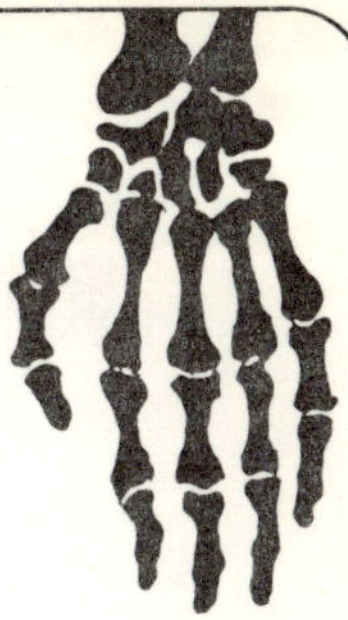

Alfred Hitchcocks Krimikabinett

Das verborgene Grab

Sechs verzwickte Detektivgeschichten voll knisternder Spannung für Leute mit Köpfchen und starken Nerven.

Hainings Gruselkabinett

Das Ungeheuer von Menschenhand
Das Spukhaus am Fluß

Einmal geht es um Menschen, die versuchen, ein künstliches Lebewesen zu schaffen, der zweite Band behandelt das Thema „Übersinnliches".

Alfred Hitchcocks Gruselkabinett

Der alte Trödlerladen
Die Bronzetür
Die Insel der Stimmen
Hexengebräu
Wolfsbrut

Jeder Band enthält sieben Gespenster- und Gruselgeschichten, um in einsamen, tiefschwarzen Nächten das Gruseln zu lernen.

Alfred Hitchcocks Geheimdienst

Das verschwundene Dokument

Sieben brisante Fälle von Spionage und Gegenspionage für Leute mit starken Nerven, Scharfblick und Sinn für knifflige Kleinarbeit.

Alfred Hitchcocks Krimi-Box

Vier spannende Jugendkrimis zum Selberlösen.

In Eurer Buchhandlung erhältlich!

Franckh-Verlag · Postfach 640 · 7000 Stuttgart 1